D0735914

Kate Hewitt

Un marido desconocido

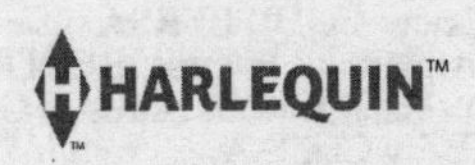

Editado por HARLEQUIN IBÉRICA, S.A.
Núñez de Balboa, 56
28001 Madrid

UN MARIDO DESCONOCIDO, N.º 2202 - 2.1.13
Título original: The Husband She Never Knew
Publicada originalmente por Mills & Boon®, Ltd., Londres.

I.S.B.N.: 978-84-687-2397-6
Depósito legal: M-35513-2012
Editor responsable: Luis Pugni
Fotomecánica: M.T. Color & Diseño, S.L. Las Rozas (Madrid)
Impresión en Black print CPI (Barcelona)
Fecha impresion para Argentina: 1.7.13
Distribuidor exclusivo para España: LOGISTA
Distribuidor para México: CODIPLYRSA
Distribuidores para Argentina: interior, BERTRAN, S.A.C. Vélez Sársfield, 1950. Cap. Fed./ Buenos Aires y Gran Buenos Aires, VACCARO SÁNCHEZ y Cía, S.A.

Capítulo 1

AMMAR Tannous escudriñó el abarrotado salón de baile del hotel parisino con desapasionada frialdad. Tenía los labios apretados formando una firme línea. En algún lugar de entre la rutilante multitud le esperaba su esposa. Aunque «esperar» no era la palabra adecuada, pensó. Noelle no sabía que estaba allí. Tal vez no supiera siquiera que estaba vivo.

Entornó los ojos mientras se abría camino entre la gente, consciente de que las conversaciones se interrumpían y eran seguidas de murmullos de sorpresa. Sabía que los periódicos habían publicado la historia de cómo había escapado milagrosamente de un accidente de helicóptero dos meses atrás, pero no había salido en portada. Nunca salía en portada. Siempre mantenía un perfil bajo. Trabajar para Empresas Tannous exigía que guardara celosamente su intimidad. Sin embargo, algunas de las personas que estaban allí le habían reconocido.

–Señor Tannous... –un hombre delgado y nervioso se acercó a él.

Ammar se dio cuenta de que no solo estaba nervioso, sino también muy asustado. Trató de recordar aquella cara, pero había hecho negocios con demasiada gente como para recordar a todos los subordinados asustados que habían experimentado el poder castigador del puño de Empresas Tannous

–Iba a solicitar una reunión –murmuró el hombre

agitando las manos a modo de excusa–. Cuando me enteré de la noticia...

La noticia de que estaba vivo. No era una buena noticia para mucha gente y Ammar lo sabía. Ahora recordaba a aquel hombre, aunque no su nombre. Tenía una pequeña fábrica de ropa a las afueras de París y el padre de Ammar se había convertido en su acreedor hipotecario. Había cancelado el crédito justo antes de su muerte en un intento de provocar la bancarrota en la empresa de aquel hombre y terminar con la pírrica competencia que suponía para los intereses de Tannous.

–No he venido aquí por ese motivo –afirmó Ammar con sequedad–. Si quiere concertar una reunión, llame a mi oficina.

–Sí... por supuesto.

Sin decir una palabra más, Ammar pasó por delante de él. Podría haber tranquilizado al hombre diciéndole que no iba a cumplir la petición de su padre, pero las palabras se le quedaron atascadas en la garganta. En cualquier caso, no quería que empezaran a circular rumores ni que sus socios se preocuparan.

Lo único que quería era a Noelle.

Su rostro y el recuerdo de su sonrisa era lo que le había ayudado a sobrevivir. Cuando estaba muerto de hambre y de sed, herido y con fiebre, la anhelaba. Aunque no la hubiera visto desde hacía una década, aunque la hubiera enviado lejos a los pocos meses de casarse, ahora quería encontrarla y recuperarla.

Con expresión más adusta que nunca, Ammar avanzó entre la gente.

–Hay alguien que te busca, y parece furioso.

Noelle Ducasse se dio la vuelta con una sonrisa y la

copa de champán alzada al oír la voz de su amiga Amelie.

–¿De verdad? ¿Debería empezar a temblar?

–Tal vez –Amelie le dio un sorbo a su bebida mientras miraba hacia la gente–. Mide más de un metro noventa y tiene la cabeza casi completamente afeitada y una horrible cicatriz en la cara. En conjunto resulta bastante sexy, la verdad, pero también un poco aterrador –Amelie alzó sus elegantes cejas con curiosidad–. ¿Te dice algo la descripción?

–Lo cierto es que no –Noelle miró con perplejidad a su amiga, siempre dada a la exageración–. Suena cómo a un exconvicto.

–Tal vez. Pero el esmoquin que lleva es de los más caros.

–Interesante –aunque en realidad no se lo parecía especialmente. La vida social de París era siempre un hervidero–. Los pies me están matando –dijo mientras dejaba la copa de champán medio llena en la bandeja de uno de los muchos camareros que pasaban por allí–. Creo que me voy a ir a casa.

–Sabía que esos tacones te matarían –afirmó Amelie con júbilo.

Había querido ponerse aquellos tacones de trece centímetros que se habían visto en la pasarela de la Semana de la Moda de París el pasado mes de marzo. Arche, la sofisticada y exclusiva boutique para la que ambas trabajaban como asistentes de compras, los vendería en exclusiva aquel otoño.

Noelle se encogió de hombros con resignación.

–Forma parte del trabajo.

Arche quería que sus asistentes junior acudieran a las fiestas y eventos sociales de París luciendo con glamour la ropa que vendían. Después de cinco años, Noelle estaba cansada de actuar como un objeto bonito, pero sabía que tenía que ganarse el puesto. Dentro de pocos meses se convertiría en asistente senior de vestuario femenino y ya no tendría que centrarse únicamente en zapatos y accesorios.

–No puedes marcharte todavía –protestó Amelie haciendo un puchero–. Son solo las once.

–Y mañana tengo que trabajar. Y tú también, por cierto.

–¿Y qué pasa con tu admirador furioso?

–Tendrá que admirarme de lejos –Noelle sintió una punzada de curiosidad. ¿Cabeza rapada y una cicatriz? Resultaba poco habitual en medio de aquella multitud de miembros acicalados de la alta sociedad.

Pero lo único que deseaba en aquellos momentos era meterse en la cama con una bebida caliente. Y un buen libro. Su pretendiente de la cicatriz tendría que vivir con la decepción.

Se despidió de Amelie, que ya se había acercado al siguiente grupo de jóvenes con expectativas sociales. Situada sola en medio de tanta gente, Noelle sintió de pronto una aguda punzada de la soledad que había tratado de no sentir durante los últimos diez años, desde que dejó su matrimonio y reconstruyó su vida. Una vida que había escogido, aunque no se parecía en nada a la que había esperado tener. Le caían bien Amelie y sus demás amigas, aunque no eran almas gemelas. Pero había renunciado a esa idea mucho tiempo atrás.

Suspiró y apartó de sí cualquier recriminación y la irritante punzada de soledad al fondo de su mente. Solo quería irse a casa. Al menos así podría quitarse aquellos ridículos zapatos.

Tardó un cuarto de hora en abrirse paso entre la gente. Tuvo que pararse a sonreír o a charlar con algunos invitados. Acababa de llegar al vacío vestíbulo del hotel cuando oyó una voz a su espalda.

–Casi no te reconozco.

Noelle se quedó paralizada. No tenía que darse la vuelta para saber quién le estaba hablando. Hacía diez años que no escuchaba aquella voz grave y susurrante como un rugido. Se dio cuenta distraídamente de que todavía hablaba con la cautela de un hombre que escogía cuidadosamente las palabras y no hablaba mucho.

Se dio la vuelta lentamente y miró a su exmarido. La primera visión que tuvo de él en el vestíbulo medio en penumbra la sobresaltó profundamente. Tenía el pelo muy corto, casi al cero. Una cicatriz larga y visible de color rojo que empezaba en el nacimiento del pelo le cruzaba la mejilla derecha hasta la mandíbula. Supo entonces que él era el admirador furioso del que Amelie le había hablado. Ammar. Tendría que haber considerado aquella opción, supuso. Pero lo cierto era que nunca esperó que Ammar la buscara. Nunca la había buscado con anterioridad.

–Y yo casi no te reconozco tampoco a ti –dijo tratando de mantener un tono frío, aunque le temblaban las rodillas al verle.

Parecía más alto, más fuerte y más moreno que antes, aunque estaba segura de que se trataba de una ilusión óptica. Había olvidado el efecto que su presencia provocaba en ella, la autoridad que desprendía, el modo en que entornaba los ojos y apretaba los labios, tan distinto al hombre que creía conocer. Al hombre del que se había enamorado. Le miró con toda la indiferencia que pudo.

–¿Qué es lo que quieres, Ammar?

–A ti.

El corazón le latió con fuerza en reacción a aquella

sencilla frase. Una vez le preguntó en el pasado qué quería, si la quería a ella. Entonces la respuesta fue un rotundo y devastador «no». Incluso ahora, diez años después, el recuerdo de aquella dolorosa humillación todavía le quemaba.

–Qué interesante –dijo con frialdad–, considerando que no hemos hablado siquiera en una década.

–Tengo que hablar contigo, Noelle.

Ella sacudió la cabeza. Odiaba el modo autoritario en que la hablaba. Todavía.

–No tenemos nada que decirnos.

Ammar mantuvo la mirada clavada en ella.

–Yo sí tengo algo que decirte.

Noelle sintió una punzada de emoción en el pecho y le ardieron los ojos tras los párpados. Ammar. Cuánto le había amado tanto tiempo atrás. Odiaba sentir todavía un remanente en aquel momento. Y lo que quisiera decirle... bueno, no quería oírlo. Se había abierto a él una vez en el pasado. No volvería a hacerlo.

Ammar dio un paso hacia ella y se dio cuenta de lo demacrado que estaba. Tenía una estructura poderosa y musculada, pero había perdido mucho peso.

–¿Supiste lo de mi accidente? –le preguntó él.

–Sí. Mi padre me lo contó. Y también lo de tu milagroso rescate.

–No pareces particularmente contenta de que haya sobrevivido.

–Al contrario, Ammar, me alegró mucho. Independientemente de lo que haya pasado entre nosotros, nunca te he deseado ningún mal –había deseado recuperarle durante mucho tiempo. Pero no iba a sucumbir a aquella ridícula tentación ahora ni por un segundo–. Siento lo de tu padre –dijo con tirantez.

Ammar se limitó a encogerse de hombros. Ella se le

quedó mirando y se preguntó cómo habría llegado a aquel momento. Conocía los hechos descarnados: dos meses atrás su padre la llamó para decirle que Ammar había muerto en un accidente de helicóptero junto con su padre. No quería que se enterara por la prensa, y aunque Noelle se lo agradeció no supo cómo reaccionar. ¿Rabia? ¿Dolor? Habían pasado diez años desde que se anuló su matrimonio y más todavía desde que le vio por última vez, y sin embargo, el dolor de su fallida relación le había perseguido durante años.

Sobre todo se sentía entumecida, y a medida que transcurrían las semanas ocultó el oscuro enredo de sentimientos bajo aquel cómodo entumecimiento. Se dio cuenta entonces de que el sentimiento más poderoso en medio de la maraña era una sensación de pérdida por lo que una vez creyó que podrían tener juntos, la felicidad que le había sido robada con tan repentina crueldad.

Entonces, unas semanas atrás su padre volvió a llamar y le dijo que Ammar estaba vivo. Unos pescadores le habían rescatado en una isla desierta e iba a volver para ocuparse del negocio de su padre, Empresas Tannous. El pesar al que Noelle había empezado a acostumbrarse se convirtió de pronto en una profunda ira. Maldito Ammar. Maldito fuera por haberle roto el corazón, por rechazarla tantos años atrás, y sobre todo, por volver ahora para despertar aquellos dolorosos sentimientos que creía enterrados.

Apartó de sí todo aquello y le miró con frialdad.

–Como te he dicho, no tenemos nada que decirnos –alzó la cabeza y pasó por delante de él.

Ammar la agarró del brazo. Le rodeó la muñeca con los dedos y su calor le quemó la piel. Noelle se puso tensa, consciente de que era demasiado fuerte para intentar soltarse.

–Espera.

–Parece que no tengo más remedio.

Ammar respiró hondo.

–Solo quiero hablar.

–Entonces empieza a hacerlo, porque tienes treinta segundos antes de que monte una escena –miró fijamente hacia los dedos delgados y morenos que le rodeaban la muñeca–. Y más te vale no dejarme marca.

Ammar la soltó al instante.

–Tardaré más de treinta segundos –afirmó–. Y no entra en mis planes mantener una conversación en el vestíbulo de un hotel.

–Y no entra en los míos ir a ninguna parte contigo.

Ammar no dijo nada, se limitó a observarla con la cabeza ladeada y los ojos entornados.

–Estás enfadada –dijo finalmente a modo de observación.

Noelle soltó una breve y amarga carcajada. La última vez que le vio estaba acurrucada en ropa interior en la cama de su habitación de hotel conteniendo los sollozos. Ammar le había dicho con suma frialdad que se fuera. Pero aunque aquel recuerdo la hizo estremecerse por dentro, lo apartó de sí al instante. Era agua pasada. No estaba enfadada, o al menos no debería estarlo. Lo que tenía que hacer aquella noche era actuar con educada indiferencia. Tratar a Ammar como a un conocido, no como al hombre que le había destrozado el corazón.

–No estoy enfadada –mintió–. Pero tampoco le veo el sentido a tener una conversación contigo.

–¿No te interesa en absoluto lo que pueda decirte? –preguntó Ammar con voz ronca.

Ella le miró y vio cómo se le curvaba la boca por la amargura, o tal vez por la pena. Parecía distinto, y no solo por la cicatriz o por la cabeza casi rapada. Era algo que emanaba de su ser, de la dureza de los hombros y las profundas ojeras. Parecía un hombre que había soportado demasiado, que estaba a punto de venirse abajo. Durante un instante sintió la antigua punzada de deseo bajo la reacción espontánea de ira. Tuvo el extraño y al mismo tiempo dolorosamente familiar impulso de consolarle, de hacerle sonreír. De escucharle y entender...

No. Ammar Tannous había apelado a su curiosidad y su compasión con anterioridad. Se había enamorado de él, o de lo que creía conocer de él, y entonces se marchó rompiéndole el corazón y haciendo pedazos su vida. Había tardado años en reconstruirla, en convertirse en la nueva Noelle. No siempre estaba segura de que le gustara en lo que se había convertido, pero al menos era dueña de sí misma. Era fuerte y no necesitaba a nadie. Y unos minutos de conversación no cambiarían aquello. No lo permitiría.

–Vete al infierno, Ammar –dijo pasando por delante de él, tambaleándose sobre aquellos ridículos tacones antes de salir a la noche.

Ammar se quedó mirando cómo se marchaba Noelle, tan recta y tan rígida, y sintió una oleada de furia en la sangre. ¿Cómo podía dejarle así? No le había dado más que dos minutos de su tiempo cuando lo único que quería era hablar.

¿Y decirle qué?, se mofó su mente. Nunca se le habían dado bien las palabras, odiaba hablar de sus sentimientos. Pero desde que tuvo el accidente supo que necesitaba recuperar a Noelle. Desde el momento en que recuperó la consciencia, solo y herido en un pequeño trozo de playa desierta, pensó en ella. Recordaba su sonrisa juguetona, el modo en que inclinaba la cabeza hacia un lado mientras le escuchaba, aunque no hablara mucho. Cuando luchaba contra la fiebre soñaba con ella, con la suavidad de sus labios, con cómo le acariciaba la cabeza. Incluso había soñado con deslizarse en su interior, con sentir su calor aceptando gustosa la unión de sus cuerpos. Sin duda eso formaba parte del delirio, porque nunca había conocido el placer de hacerle el amor a Noelle.

Y a ese paso nunca lo conocería.

Ammar maldijo en voz alta. Ahora se daba cuenta de que había manejado mal su encuentro. No tendría que haberla acorralado ni haberle exigido nada. Pero ¿qué otra cosa podía hacer? Era un hombre autoritario y de acción. No pensaba en las palabras. La mayoría de las veces ni siquiera pedía las cosas por favor.

Y Noelle había sido su mujer. Sin duda eso tendría que significar todavía algo para ella, para él sin duda sí. ¿Cómo hablar con ella, cómo conseguir que le escuchara?

«Toma lo que quieras. No preguntes nunca. Preguntar es de débiles. Tú exige».

Escuchó la voz de su padre como si estuviera vivo y a su lado. Lecciones que había aprendido desde niño, palabras que tenía grabadas en el corazón.

Oyó el chirriar de las ruedas del taxi de Noelle marchándose y se sintió invadido por la tensión y también la determinación. Le había dicho a su hermano Khalis que quería encontrar a su mujer y reestructurar Empresas Tannous. Quería, en definitiva, hacer algo bueno con su vida y con su trabajo. No permitiría que las cosas acabaran así, con Noelle apartándose de su lado. Recuperaría su negocio, a su mujer y su propia alma. Costara lo que costara.

En cuanto pisó la acera, Noelle paró un taxi. Se metió en el interior de cuero y vio que estaba temblando.

Le dolía el tobillo que se había torcido un poco al tambalearse y se quitó irritada los tacones mientras le daba al taxista su dirección en Ile St-Louis.

Ammar. No podía creer que le hubiera visto. Que quisiera hablar con ella. ¿Por qué? No, era mejor no saberlo y no preguntárselo. Ella ya no tenía nada que decirle a él y eso era lo único que importaba. Pero en el pasado había tenido mucho que decirle.

Cerró los ojos y apoyó la cabeza en el asiento. Se vio a sí misma a los trece años, patilarga y con los dientes separados. Él había acudido con su padre a la casa solariega que la familia de Noelle poseía a las afueras de Lyon para hablar de negocios con el suyo. Era un adolescente de diecisiete años larguirucho y malencarado que la había ignorado por completo. Pero ella se puso como misión hacerle sonreír.

Tardó veinte largos minutos. Lo intentó todo: contarle chistes, hacer muecas, sacar la lengua. Incluso coquetear con torpeza. Él permaneció impasible y sin hablar, mirando hacia el río Ródano, que discurría más allá de los jardines.

En un arrebato de rabia infantil, Noelle se fue de allí a toda prisa... y se cayó de bruces contra el suelo. Cuando logró ponerse a cuatro patas con la cara abrasada vio una mano larga y viril extendida hacia la suya. La agarró y sus dedos se cerraron sobre los suyos, provocándole un estremecimiento que le subió por el brazo y se le extendió por todo el cuerpo. Fue un calor delicioso que nunca antes había sentido. Entonces alzó la vista hacia el rostro de Ammar y vio que tenía los labios curvados en un amago de sonrisa que se le borró al instante.

–¿Estás bien? –le preguntó.

Noelle se incorporó haciendo un esfuerzo y le soltó

la mano para quitarse el polvo y la gravilla de las rodillas. Se sentía avergonzada.

–Estoy perfectamente –dijo con tirantez.

Pero Ammar le pasó los dedos por la rodilla.

–Estás sangrando.

Noelle se tocó la rodilla y unas cuantas gotas de sangre le resbalaron por la pantorrilla. Se las secó con impaciencia.

–Estoy bien –aseguró otra vez todavía avergonzada.

Permanecieron en un incómodo silencio durante unos minutos, y luego el padre de Ammar salió de la casa. Llamó a su hijo en árabe y Noelle vio como se despedía de ella con una inclinación de cabeza y se marchaba.

–Me gusta que sonrías –dijo ella en el último momento.

Ammar se dio la vuelta para mirarla y sus miradas se quedaron engarzadas en lo que a Noelle le pareció una dulce complicidad. Y en aquel momento pensó con repentina claridad: «Voy a casarme con él cuando sea mayor. Y voy a hacerle sonreír todo el tiempo».

No volvió a verle ni a hablar con él durante casi diez años, cuando sus caminos se cruzaron en Londres y empezaron a salir. Fue un cortejo tierno cuyo recuerdo todavía le resultaba doloroso.

Y sin embargo, en el transcurso de un único día, el día de su boda, Ammar se convirtió en un desconocido frío y duro. Y diez años después todavía no entendía la razón. Ahora, cuando las luces de París pasaban a toda velocidad en una nebulosa, se dijo que había sido mejor salir del hotel antes de que pudiera haberle dicho nada. Antes de que pudiera hacerle daño.

Sin embargo, a la mañana siguiente, cuando la luz del sol bañó su dormitorio de un dorado pálido, Noelle se vio atrapada por otro recuerdo: tenía veintitrés años y paseaba con Ammar por Regent's Park, en Londres. El sol se filtraba a través de las hojas. Ella charlaba sin cesar, como siempre, y de pronto se detuvo y bajó la cabeza.

–Debo de estar aburriéndote.

–Nunca –dijo Ammar con tono sincero acariciándole la mejilla.

Noelle cerró los ojos y disfrutó de aquella sencilla caricia. Pero no había nada de sencillo en aquella situación. Llevaban dos semanas saliendo y estaba enamorada de él, llevaba años enamorada de él. Y pensaba que tal vez Ammar también la amara aunque nunca se lo había dicho. Ni siquiera la había besado. Y sin embargo, cuando estaban juntos el mundo desaparecía y en lo único en que Noelle podía pensar era en lo feliz que era y en lo mucho que deseaba hacerle sonreír siempre.

Ammar sonrió entonces cautelosamente tocándole la mejilla. Estaba tan enamorada que cerró los ojos y alzó la cara hacia arriba indicándole claramente que quería que la besara. Y lo hizo. Fue un leve roce de sus labios sobre los suyos, pero fue algo eléctrico. Noelle se apoyó en él y le agarró las solapas del abrigo. Ammar descansó brevemente la frente contra la suya en un gesto tierno que al mismo tiempo encerraba una pena agridulce que no entendió. Se apoyó contra él, pero Ammar la apartó con suavidad.

Tendría que haberse dado cuenta entonces. Tendría que haber visto que un hombre tan masculino y atractivo como Ammar Tannous no se detendría en un beso. No saldría con una chica sin acostarse con ella. No se casaría con alguien y la rechazaría la misma noche de la boda.

La verdad, la única verdad, era que nunca la había

deseado realmente, ni mucho menos la había amado. De hecho, se arrepentía de aquella relación, pero no había tenido el valor de decírselo antes de que fuera demasiado tarde.

Noelle se puso de costado y se llevó las rodillas al pecho. Odiaba volver a revivir ahora aquellos dolorosos recuerdos. Había dejado de recordarlos años atrás, aunque le había costado mucho trabajo. Un sábado en el que salió a comer con sus padres a un restaurante con vistas al Sena tres años después de que su matrimonio hubiera sido anulado, les dijo con firmeza:

–Ya lo he superado. Pero no quiero que volvamos a hablar de él jamás.

Sus padres así lo hicieron, claramente aliviados al ver que por fin continuaba hacia delante, aunque se habían sentido enfadados y tristes cuando el matrimonio terminó. A cambio, su padre había cortado todas las ataduras que tenía con Empresas Tannous y nadie había vuelto a mencionarle el nombre de Ammar Tannous. Ni sus compañeros ni sus amigos sabían que había estado casada una vez. Ni su familia ni la de Ammar querían que se hiciera público. Noelle desde luego no iba a contarlo. Era como si su matrimonio nunca hubiera tenido lugar. Casi había podido convencerse a sí misma de que así era. Hasta ahora. Hasta que Ammar murió en el accidente de helicóptero que había matado a su padre para ahora regresar a la vida, resucitándose no solo a sí mismo, sino también los recuerdos y los sentimientos que creía completamente enterrados.

Odiaba sentir algo por él ahora, aunque fuera rabia. Pero bajo la pálida luz de la mañana también se arrepintió de cómo había actuado la noche anterior, como una niña con una rabieta. Había sufrido una experiencia cercana a la muerte, por el amor de Dios, y había estado muy enfermo. ¿No podía haberse mostrado un poco compasiva y escuchar lo que tuviera que decirle? Sin duda así le habría demostrado que ya no le importaba. ¿Y quién sabía? Tal vez solo quisiera disculparse por lo que ocurrió tantos años atrás. Una disculpa que tal vez no aceptara, pero que sin duda le gustaría oír.

Noelle suspiró y se levantó de la cama. Decidió que si Ammar se volvía a acercar a ella le escucharía. Brevemente. Tal vez una conversación pondría el final adecuado a su lamentable relación.

Media hora más tarde, vestida con un traje ajustado en tono gris, zapatos de piel negra de tacón y el pelo recogido en un suave moño, Noelle salió a toda prisa de su apartamento situado en el piso más alto de la mansión del siglo XVIII en la que vivía para dirigirse al metro. Ya llegaba tarde y apenas se fijó en nada de la estrecha y casi vacía calle. La única persona que vio fue a una mujer mayor con delantal que barría la acera situada enfrente.

Entonces sintió una dura mano en el hombro, que le ponían algo oscuro por encima de la cabeza que le impidió ver y oír nada, y antes de que pudiera pensar siquiera en gritar, la metieron en un coche que salió de allí a toda velocidad.

Capítulo 2

NOELLE volvió lentamente a la vida como un nadador que saliera a la superficie del mar. La consciencia era algo que brillaba a lo lejos. Trató desesperadamente de hacerse con ella y abrió los ojos como si tuviera un peso encima de los párpados. Estaba tumbada en una cama y a su alrededor solo había oscuridad y sombras. En la distancia se oía el rugir de un motor, sentía su vibración a través del cuerpo.

Estaba en un avión.

El pánico se apoderó de ella mientras trataba de encontrarle sentido a lo que había pasado, a lo poco que podía recordar. Iba andando al trabajo cuando alguien la agarró. Le echó una manta o una bolsa por la cabeza y la metió en un coche. Ella le dio una patada al agresor y le arañó la cara. Entonces alguien dijo algo en un idioma que no entendió y sintió una punzada en el brazo. Y luego nada.

El terror se apoderó de su pecho. La habían secuestrado. A plena luz del día y en uno de los mejores barrios de París. Imposible, y sin embargo allí estaba. En un avión, ¿rumbo hacia dónde? ¿Y qué querían sus secuestradores? ¿Pedir rescate? Su familia era lo suficientemente rica como para considerar tan terrible posibilidad. ¿O se trataba de algo más, de algo peor? Imágenes vagas de tráfico de esclavas sexuales le cruzaron por la mente y sintió el sabor de la bilis en la boca. Antes se mataría si tenía la oportunidad.

–Estás despierta.

Noelle dejó escapar un grito silenciado. En la penumbra no había visto la figura que se hallaba sentada en una silla en la esquina. Todavía no podía distinguir sus facciones, pero había reconocido aquella voz grave. Ammar.

–Tú –dijo en un ronco susurro.

Tosió y Ammar se acercó para tomar un vaso de agua que había en la mesita de al lado y ofrecérsela. Noelle lo aceptó con dedos tan temblorosos que él mantuvo la mano alrededor del vaso, cubriéndole los dedos con los suyos para ayudarla a beber. Estaba tan cansada y sedienta que no pudo resistirse a su ayuda. Pero finalmente, haciendo un esfuerzo, apartó de sí el vaso y dejó caer algunas gotas sobre la colcha de seda.

–¡Me has secuestrado! –consiguió decir. Trató de que fuera una pregunta, porque no se lo podía creer. Y sin embargo, allí estaban los dos.

No pudo ver la expresión de Ammar en la semioscuridad.

–Te dije que tenía que hablar contigo.

Noelle dejó escapar una risotada amarga y se apoyó contra las almohadas.

–¿Y por eso resulta aceptable?

–No me has dejado opción –aseguró él–. A veces es necesario tomar medidas extremas.

–Llevas el extremo a un nuevo nivel –Noelle sacudió la cabeza y trató de distinguir sus emociones. Estaba impactada, sí, y furiosa. Pero ¿tenía miedo? No, lo cierto era que no.

–Siento que las medidas extremas hayan sido necesarias en este caso...

–¿Lo sientes? Hablas como si no te hubiera quedado más remedio que secuestrarme, como si yo te hubiera obligado a hacerlo –cerró los ojos y una repentina tristeza se unió al maremágnum de sensaciones que estaba experimentando–. Me estás culpando por lo que tú has hecho. Esto me resulta familiar.

–Yo nunca te he culpado de nada –aseguró él en voz baja.

Seguramente tenía razón. Era ella la que había sentido que era culpa suya. Primero estaba casada, alimentando sueños de una vida doméstica feliz con su marido y sus hijos en una casita a las afueras de París, y un instante después su marido apenas la hablaba sin ninguna explicación.

–Enciende la luz –le pidió, porque quería verle la cara.

Ammar abrió la persiana de una de las ventanillas permitiendo la entrada de un repentino haz de luz brillante y dura. Bajo aquella despiadada claridad tenía un aspecto terrible, pensó Noelle. Estaba sin afeitar y la cicatriz que le recorría la mejilla se veía roja y en carne viva. Aunque estaba vestido con una camisa gris y vaqueros negros parecía más demacrado que la noche anterior.

–¿Estamos en un avión? –le preguntó con hosquedad.

–En mi jet privado.

–¿Dónde me llevas?

–A mi casa.

–¿A Alhaja? –Noelle odiaba la isla que era el hogar del padre de Ammar, un búnker con aspecto de cárcel situado entre exuberantes jardines en una isla privada del Mediterráneo. Allí había pasado dos solitarios meses antes de marcharse para siempre.

–No. Alhaja no ha sido nunca mi casa –afirmó él con voz dura–. Vamos a mi villa privada del norte de África, en el extremo del desierto del Sahara.

–¿Tienes una villa en el Sahara?

–Sí.

Noelle cerró los ojos y trató de entender algo. ¿Qué quería de ella? Estaba demasiado cansada para preguntar. Oyó el crujir de la silla cuando Ammar se levantó y entonces su agotado cuerpo cobró de pronto vida cuando sintió su mano fría y fuerte en la frente.

–Deberías dormir un poco más.

–No quiero dormir... –pero ya sentía cómo iba deslizándose hacia la inconsciencia.

Lejanamente, como si estuviera a mucha distancia, escuchó a Ammar decir:

–Llegaremos dentro de unas horas. Me quedaré aquí hasta que te despiertes.

Noelle estaba demasiado cansada para resistirse. Cuando volvió a dormirse, una pequeña parte de ella se sintió aliviada al saber que Ammar iba a quedarse.

Ammar observó cómo se suavizaba el rostro de Noelle por el sueño y sintió una punzada de arrepentimiento. Desde que organizó la manera de transportarla hasta allí había sentido aquel atisbo de duda afilada y dolorosa. No tendría que haberla obligado de aquel modo. Secuestro, así lo había definido ella. Un delito.

Se reclinó en la silla y apoyó las manos en las rodillas mientras la miraba dormir. Sabía que no tenía que haberlo hecho, pero ¿qué opción tenía? No iba a perseguirla por todo París como un perro abandonado suplicándole unos segundos de su tiempo. Al estar allí los dos solos tenía la esperanza de que pudieran recuperar algo de lo que habían tenido antes.

«Ahora ya sabes que no puedes confiar nunca en una mujer. No muestres debilidad».

Incluso muerto su padre se burlaba de él. Ammar tragó saliva, sentía de pronto la garganta seca y el corazón acelerado. Odiaba sus recuerdos. Odiaba la respuesta que despertaban instintivamente en él, el miedo, el odio. El anhelo. Los apartó de sí y dejó la mente en blanco. Eso siempre se le había dado bien. No pensar en lo que estaba haciendo, no pensar en el daño que podía hacer. No pensar. Aspiró lentamente el aire, se reclinó en la silla y esperó a que Noelle se despertara.

Cuando Noelle se despertó había desaparecido el aletargado cansancio dejándole una sensación de alivio pero también de debilidad.

Se sentó y vio que Ammar todavía estaba en la silla, al lado de la cama. Se había adormecido y tenía las facciones dulcificadas por el sueño. Las largas y oscuras pestañas le acariciaban las mejillas, y durante una décima de segundo le recordó al hombre que era antes. El hombre que ella creía que era. Abrió los ojos y se la quedó mirando durante un instante de cruda sinceridad. Parecía vulnerable y ansioso. Y en cuanto a ella, no podía engañarse. En el pasado había amado a aquel hombre y ahora sentía el eco de aquel amor resonando en su corazón.

Ammar se incorporó, miró el reloj y el momento se rompió.

–Llegaremos a Marrakech en veinte minutos. Desde allí nos llevará un helicóptero a mi villa. Tardaremos un par de horas.

Ella sacudió lentamente la cabeza para desprenderse de aquel eco.

–Ammar, ¿por qué me llevas allí? ¿Qué quieres de mí?

Él apretó los labios y apartó la mirada.

–Hablaremos de eso más tarde. Ahora deberías tomar algo. Hay comida en la cabina principal.

–No me digas lo que tengo que hacer.

Ammar volvió a mirarla con ojos serenos.

–Como quieras. Solo pensaba en tu bienestar.

–¿En mi bienestar? ¡Si eso te preocupara de verdad no me habrías secuestrado! ¡Incluso me has drogado!

Él suspiró.

–Era la forma más segura de trasladarte. No quería que te hicieras daño a ti misma.

–Qué considerado.

–Lo intento –respondió él con un atisbo de sonrisa.

Noelle tardó un instante en darse cuenta de que estaba intentando hacer una broma.

–Inténtalo más –respondió tratando de ser brusca, pero le salió como un absurdo intento de ocurrencia ingeniosa. Cada vez le costaba más trabajo mantener la sequedad, la seguridad del sarcasmo.

Ammar la miró con lo poco que le quedaba de sonrisa y se le oscurecieron los ojos.

–Lo haré –aseguró con dulzura.

Noelle sintió que algo se derrumbaba en su interior. No, no podía empezar a responder a aquel hombre. A recordar. Lo único que tenía que recordar era que en el pasado le había hecho mucho daño y que ahora la había secuestrado. ¿Qué clase de hombre era?

Antes de la boda pensaba que era dulce y cariñoso, aunque un poco reservado. Salieron durante tres meses, un tiempo tan bonito que a Noelle se le llenaban los ojos de lágrimas al recordarlo. Quería entregarle todo, su vida y su alma. Y lo peor de todo era que pensaba que Ammar lo deseaba. A veces le pillaba mirándola maravillado, como si no pudiera creerse que fuera suya.

Pero cuando pronunciaron los votos matrimoniales

todo cambió completamente en cuestión de horas. Se convirtió de pronto en un desconocido brusco y distante al que no entendía. Un hombre que al parecer era perfectamente capaz de secuestrar a su exmujer y mantenerla prisionera en una villa del desierto.

El auténtico Ammar.

Incorporándose, dijo con firmeza, como si estuviera hablando con un niño travieso:

–Bueno, ahora que me tienes aquí puedes decirme lo que tengas que decirme y luego me enviarás inmediatamente de regreso a París. Puedo tomar un vuelo desde Marrakech.

Algo brilló en los ojos de color ámbar de Ammar, aunque no pudo discernir de qué se trataba.

–No puedes volver todavía a París.

Noelle agarró con fuerza la colcha,

–Ammar, estás cometiendo un delito, ¿sabes? –dijo en voz baja–. Podrían arrestarte por esto.

Él apartó la vista.

–Ya he hecho muchas cosas por las que podrían arrestarme. Una más no importa.

Noelle sintió que se le congelaban los huesos. No quería saber a qué se refería, estaba abrumada por lo extraño que le resultaba aquel hombre al que creía conocer. Al que amó.

–Dios mío –murmuró angustiada–. ¿Quién eres?

Ammar volvió a mirarla y Noelle vio una firme determinación que convirtió sus ojos ámbar en dorados.

–Soy tu marido.

Ella se quedó muy quieta y soltó la colcha.

–No has sido mi marido desde hace diez años –aseguró tras un largo y tenso instante.

Y nunca había llegado a serlo realmente, al menos en el aspecto más importante.

–Lo sé –Ammar volvió a apartar la vista. Todo en él, la voz y la expresión, pareció endurecerse–. Hablaremos de eso más tarde. Estamos a punto de llegar y supongo que querrás acicalarte un poco –se levantó de la silla–. Hay ropa en el armario. Te espero en la cabina principal cuando estés lista.

Hablaba con frialdad, dando órdenes que esperaba ver cumplidas. Le recordaba al hombre en quien se convirtió tras la boda y lo odió.

–Me quedaré aquí –era un pequeño acto de independencia, pero en su actual situación no podía hacer mucho más.

Ammar se encogió de hombros y asintió.

–Muy bien.

Y dicho aquello, se fue.

Ammar recorrió arriba y abajo la cabina principal del avión sintiéndose tan atrapado como sin duda lo estaba Noelle. Nada estaba saliendo como había esperado. Lo había hecho todo mal, ahora se daba cuenta. Desde el momento en que la abordó en el hotel pasando por el torpe secuestro en la calle hasta la conversación que acababan de tener. Era un hombre que tenía millones a su disposición, miles de empleados que le obedecían y gente que le miraba con reverencia y con temor, y sin embargo, aquella mujer podía con él. Las palabras que quería decir, lo que sentía, se enredaban en su interior y no le salían. Ni siquiera sabía qué palabras utilizar. La echaba de menos, la deseaba, la necesitaba, pero ¿cómo decírselo sin que sonara como una orden?

«No muestres nunca debilidad. Nunca ruegues, ni siquiera preguntes».

No podía romper ni ignorar las normas que su padre

le había inculcado. Las había aprendido con sangre, con los puños de su padre. La primera vez fue cuando cumplió ocho años. Balkri Tannous se lo llevó de la habitación de jugar, apartándole del lado de su hermano, y en la soledad de su despacho le golpeó con fuerza en la cara sin previo aviso.

Allí había empezado su auténtica educación, la formación de su yo. ¿Cómo podía cambiar?

–Señor Tannous –Abdul, uno de los miembros de la tripulación, apareció en el umbral de la puerta–, aterrizamos dentro de diez minutos.

–Muy bien –Ammar miró hacia la puerta del dormitorio y, tras un segundo de vacilación, llamó con los nudillos–. Vamos a aterrizar, Noelle. Estarás más segura si te sientas aquí en una de las butacas.

La puerta se abrió y apareció ella vestida todavía con su arrugado vestido gris. Se había lavado la cara y cepillado el pelo, pero todavía tenía sombras oscuras bajo los ojos de gacela. No dijo nada cuando pasó delante de él y tomó asiento para abrocharse el cinturón de seguridad. Ammar se sentó frente a ella. Trató de pensar en algo que decir, en alguna palabra que salvara el hueco que había entre ellos, pero no se le ocurrió nada. Secuestrarla había sido la peor manera de manejar la situación.

–Lo siento –dijo bruscamente.

–¿Qué sientes? –preguntó Noelle girándose para mirarle con sorpresa.

–Haberte secuestrado.

–¿Y crees que voy a aceptar tus disculpas? –soltó una carcajada amarga y puso los ojos en blanco–. No pasa nada, Ammar. A veces se cometen errores –sacudió la cabeza con disgusto.

Ammar sintió una oleada de furia.

–No querías escucharme.

–¿Y te preguntas por qué?

No tendría que haber empezado aquella conversación. Era demasiado pronto. Ammar se giró para mirar el cielo, un interminable fondo azul. Sintió que se le caía el estómago cuando el avión bajó y unos minutos después tomaba tierra. Ninguno de los dos habló cuando salieron del avión para dirigirse al helicóptero que les estaba esperando. Cuando pisaron la pista de aterrizaje, Ammar vio que Noelle observaba la vacía extensión y se preguntó si se le ocurriría salir corriendo. Si lo hacía la capturaría con facilidad, y además tenía a media docena de miembros de su personal esperando sus órdenes. Y estaban en Marrakech, una mujer sola, sin dinero ni pasaporte no llegaría muy lejos. El peligro acechaba por todas partes. Se dio cuenta de lo vulnerable que debía de sentirse y volvió a experimentar una punzada de remordimientos. La agarró del codo para tranquilizarla, pero ella le rechazó.

–No me toques –le espetó.

Ammar dejó caer la mano. La acompañó sin decir nada al helicóptero y subió detrás de ella. Volvieron a elevarse hacia el cielo sin que ninguno de los dos dijera ni una palabra. Ammar sentía las gotas de sudor resbalándole por la nuca y entre los hombros. Odiaba viajar en helicóptero desde el accidente, pero la villa no tenía espacio para que aterrizara un avión ni tampoco había carreteras.

Además, tenía que vencer el miedo. Miró por la ventanilla mientras sentía cómo se le ponía el estómago del revés y los recuerdos del accidente bailaban ante sus ojos. Recordó cómo se había tambaleado el mundo y cómo le pareció que el mar se elevaba para tragárselo. Cómo se había quedado mirando el rostro adusto de su padre, un hombre al que había querido y odiado a partes iguales.

–Ammar.

No se dio cuenta de que tenía los ojos firmemente cerrados hasta que los abrió y vio a Noelle. Sintió una punzada de pánico y confusión porque su rostro y su sonrisa fueron lo último que vio antes del impacto. Entonces eran un recuerdo, y ahora estaba allí de verdad. Por la fuerza.

–¿Estás bien? –le preguntó Noelle con voz pausada.

Él asintió y tragó saliva.

–Muy bien –y aunque sabía que había revelado una terrible debilidad no pudo evitar alegrarse de que se lo hubiera preguntado.

No volvieron a hablar hasta que el helicóptero aterrizó.

Noelle sintió como si el mundo entero estuviera conteniendo el aliento cuando salió del helicóptero. El aire era ardiente y seco y no se movía. El desierto se extendía en todas las direcciones, con sus dunas infinitas de arena ocasionalmente salpicadas por alguna que otra roca. Nunca había estado en un lugar tan remoto.

Siguió en silencio a Ammar hasta una construcción baja de arenisca que se fundía casi completamente con el desierto que la rodeaba.

Ammar se detuvo en el vestíbulo y se giró hacia ella con aquella expresión neutra que tanto odiaba. Hubo un instante en el helicóptero en el que sintió un atisbo de simpatía hacia él porque suponía que debía de odiar volar en helicóptero desde el accidente. Allí sentado con los ojos fuertemente cerrados, Ammar parecía un hombre que sufriera una desesperada agonía.

¿Y ahora? Parecía tan impasible y remoto como el desierto que les rodeaba, y sin embargo, para su irritación, Noelle volvió a sentir aquella punzada. Una compasión que no podía evitar sentir a su pesar.

–¿Tienes hambre? –le preguntó Ammar.

Aunque sabía que debía rechazar cualquier tipo de atención, Noelle asintió.

–Muchísima.

–Si quieres acicalarte un poco hay un dormitorio para ti en el piso de arriba. Y también hay ropa –miró su vestido arrugado–. No puedes llevar ese vestido eternamente.

–Depende de cuánto tiempo tengas pensado retenerme aquí –respondió Noelle con brusquedad.

Ammar apretó los labios y entornó los ojos.

–Podemos hablar de eso durante la cena.

–De acuerdo –Noelle alzó la barbilla. Era lo suficientemente fuerte como para aceptar su hospitalidad y seguir su propio ritmo. Asintió brevemente con la cabeza, se giró sobre los talones y subió por las escaleras.

Encontró un suntuoso dormitorio tras la primera puerta que abrió, con un armario lleno de ropa y un baño con bañera de mármol y una disposición de artículos de aseo de lujo. Tras el día que había tenido, estaba lista para darse un largo baño.

Pero cuando se metió entre las humeantes y fragantes burbujas, Noelle sintió que su determinación y su ira empezaban a difuminarse. Seguía viendo aquella expresión de anhelo en el rostro de Ammar cuando se despertó, cuando le pilló con la guardia bajada. Ella sintió también un anhelo en su interior por cómo habían sido las cosas entre ellos en el pasado.

Pero aquello no podía ser. No podía empezar a pensar así después del daño que le había hecho, después de haberle demostrado la clase de hombre que era.

¿Sabía de verdad qué clase de hombre era?

Noelle se negó a responder a aquella pregunta o a pensar siquiera en ello. Hundió la cabeza en el agua y empezó a frotarse. Lástima que no pudiera frotarse del mismo modo aquel anhelo que amenazaba con transformarse en algo mucho más peligroso.

Ammar recorrió arriba y abajo el comedor del mismo modo que había recorrido la cabina del avión. Había ido a su refugio del desierto en busca de soledad y seguridad, pero aquella noche no encontraba ninguna de las dos cosas.

¿Debería dejarla ir? La idea le había estado rondando por la cabeza como un insecto insistente desde que ella misma lo sugirió. Ammar sabía que si la dejaba ir nunca volvería con él. Nunca volvería a amarle.

Y lo mismo podía suceder si la obligaba a quedarse.

Cerró los ojos. Dios sabía que se había sentido desesperanzado con anterioridad, de hecho, la mayor parte de su vida. Pero dolía mucho más cuando se había sentido esperanza antes.

–Hola.

Se dio la vuelta y vio a Noelle en el umbral.

–Adelante –se aclaró la garganta y dio un paso al frente. Se sentía como una marioneta torpe, no era capaz de mostrarse natural con ella. Nunca había sido capaz. Iba contra su naturaleza. Y sin embargo, hubo momentos, momentos tiernos y milagrosos, en los que había sentido cómo se aligeraba con la felicidad de estar con ella. Entonces sonreía, incluso se reía ante el entusiasmo de Noelle por la vida, sus bromas tontas, sus repentinas carcajadas. Echaba de menos aquello. Echaba de menos al hombre que sentía que podía ser a su lado.

Noelle entró en la habitación y vio que llevaba puesto

el caftán que había pedido para ella junto con otras prendas de ropa. Era de una tela verde pálida con hilos de plata y aunque se trataba de una prenda sin forma, conseguía sin saber cómo marcar su esbelta figura, su elegante apostura. Todavía tenía el cabello húmedo por el baño y recogido en un moño informal, el rostro sonrojado por el calor... o por la ira. En aquel momento no importaba. Lo único que sabía Ammar era que se trataba de la mujer más hermosa que había visto en su vida.

–Me alegro de... –empezó a decir, buscando las palabras para decirle lo bella que estaba.

Pero ella le atajó con voz seca.

–Quiero recuperar mi ropa.

Ammar le había pedido al ama de llaves que se la llevara mientras ella estaba en el baño. Se daba cuenta ahora de que eso debía de haberla hecho sentirse todavía más vulnerable y se maldijo por no haber pensado en ello antes.

–La están lavando. Podrás tenerla en cuanto se seque. En tu habitación hay una amplia selección de ropa a tu disposición –además del caftán había comprado jerséis, camisas y vaqueros, incluso algunos vestidos de brillantes colores.

Aunque al parecer a ella ya no le gustaban los colores alegres como antes.

Noelle se encogió de hombros. La delgada tela del caftán se le deslizó por el hombro. Ammar dirigió la mirada de manera instintiva hacia el movimiento y sintió que se encogía por dentro por un deseo largamente reprimido. Un deseo por el que nunca se había dejado llevar, aunque siempre había querido hacerlo, incluso ahora. Noelle tenía la piel del color de las almendras, dorada y con pecas.

–No me queda bien nada. Es todo dos tallas más grandes que la mía.

–Creí que recordaba tu talla.

A ella pareció sorprenderle que conociera aquella información.

–He bajado un par de tallas.

Ammar frunció el ceño porque Noelle siempre había sido delgada. Ahora que la veía más de cerca se dio cuenta de que estaba muy delgada, que se le marcaban los huesos de la clavícula y de los codos.

–Ven a comer –dijo.

Ella apretó los labios y le siguió hasta la mesa preparada de forma íntima para dos.

Aquello no iba a ser fácil, reconoció Ammar. Pero no quería dejarla ir. No podía. ¿Cómo podría lograr que le escuchara? Se dio cuenta con preocupación de que no tenía ni idea.

Noelle entró en la estancia sumida en una penumbra en la que solo brillaba la luz de las velas. Reprimió un estremecimiento al darse cuenta de que Ammar la miraba con admiración, aunque solo duró un instante. Si no la había deseado cuando llevaba picardías de seda y tacones de aguja, menos todavía lo haría ahora que llevaba aquel caftán que parecía una tienda de campaña.

En cualquier caso, no importaba lo que Ammar deseara o dejara de desear. Estaba allí solo porque tenía hambre. Y porque tenía que convencerle de que la dejara volver a París.

–Siéntate, por favor –Ammar retiró una silla.

Pensando que no tenía sentido mostrarse descortés, Noelle aceptó y se sentó. Ammar le puso la servilleta en el regazo rozándole levemente los muslos con los dedos.

Ella sintió un estremecimiento de deseo en el vientre. Seguía teniendo la misma respuesta instintiva a él. Un deseo irremediable. ¿Cómo era posible que siguiera sintiéndolo después de diez años cuando además la había llevado allí a la fuerza?

Apartó de sí aquellos pensamientos. No tenía sentido pensar en nada que no fuera salir de allí.

–¿Te sirvo? –le preguntó Ammar con exquisita educación.

Noelle recordó el tiempo en el que salían cuando estaban en Londres. Les pilló un aguacero y ella le llevó a su apartamento de Mayfair con la esperanza de que se quedara a pasar la noche. Se dio una ducha mientras él esperaba; era demasiado tímida para pedirle que se uniera a ella.

Cuando salió de la ducha con el albornoz y el pelo todavía húmedo, Ammar le preguntó muy serio si podía cepillarle el pelo. Noelle asintió y entonces él le cepilló el pelo con movimientos largos y sensuales. Ella tuvo que hacer un esfuerzo para no temblar, para no recostarse en él. Se habían besado un par de veces hasta el momento, nada más. Unos besos dulces que la habían dejado deseando mucho más. Y por un instante pensó que por fin iba a suceder. Cuando terminó con el pelo, Ammar dejó el cepillo a un lado y le deslizó las manos por los hombros y por los brazos como si se estuviera aprendiendo su cuerpo. Noelle había permanecido completamente quieta, hipnotizada por su contacto, pero no pudo evitar gemir cuando le depositó un suave beso en la nuca. Nunca había experimentado nada tan erótico y tan romántico, tan dulce. Entonces Ammar se incorporó de pronto con un estremecimiento, y antes de que ella pudiera decir nada le dio las buenas noches y se marchó.

Ahora le miró, estaba aguardando pacientemente su

respuesta mientras ella se perdía en aquellos dolorosos recuerdos. Estaba cansada de ellos, agotada por las emociones que le hacían sentir.

–Sí, gracias.

Ammar le sirvió cuscús y estofado de cordero en el plato y Noelle miró a su alrededor. Era una estancia amplia y espaciosa con unos cuantos muebles de caoba. Había un balcón con las puertas cerradas a la noche y se preguntó qué habría al otro lado. Durante un largo instante no dijo nada mientras comía con apetito.

–Bueno –dijo finalmente pinchando otro trozo de carne con el tenedor–. ¿Por qué no me envías de regreso a París?

Ammar guardó silencio durante un instante. Bajo la luz de las velas parecía muy serio, con los ojos oscurecidos y los movimientos tan controlados como siempre. Noelle le miró la cicatriz que le cruzaba la mejilla. Amelie estaba en lo cierto; resultaba sexy. Él era sexy, pero a ella siempre se lo había parecido, sexy e infinitamente deseable. Incluso ahora que había perdido peso, igual que ella, y que todavía tenía las cicatrices del accidente, no podía negar que le deseaba.

–Me gustaría que te quedaras un poco más aquí –aseguró Ammar irrumpiendo en medio de la tormenta de sus pensamientos.

Noelle apartó la vista de su cuerpo y la clavó en la implacable expresión de su cara.

–¿Quedarme aquí? ¿De vacaciones? –preguntó con sarcasmo.

Pero Ammar se limitó a asentir.

–Algo parecido.

–Ammar, me has secuestrado...

Él apretó el puño sobre la mesa.

–No haces más que recordármelo.

–¿Crees que puedo olvidarlo? Te dije que no tenía nada que decirte y sigo pensando lo mismo. Quiero irme a casa –para su vergüenza, le tembló la voz y sintió que se le llenaban los ojos de lágrimas. No estaba segura de por qué tenía ganas de llorar, si porque quería irse a casa o porque una parte traicionera de sí misma quería quedarse. Qué patético. Se mordió el labio inferior y apartó la vista.

–Noelle –murmuró Ammar con tono angustiado estirando la mano como si quisiera consolarla.

Aquello era ridículo, ¿cómo iba a consolarla su secuestrador? Y sin embargo, anhelaba que la tocara. Casi podía imaginarse el calor de su mano sobre la piel. Giró más todavía la cabeza y él dejó caer la mano.

–Por favor, Ammar.

–No puedo.

–Sí puedes –insistió ella ahora enfadada. La rabia era más sencilla, más potente–. Tú me has traído aquí y tú puedes dejarme ir. Pero no quieres hacerlo, y no entiendo la razón –le miró.

Ammar le sostuvo la mirada.

–Te he traído aquí porque quiero estar contigo –aseguró escogiendo cuidadosamente las palabras.

Noelle parpadeó y le miró fijamente tratando de encontrarle sentido a sus palabras. ¿Quería estar con ella?

–¿Qué...?

–Quiero que seamos marido y mujer.

Capítulo 3

EN CUANTO pronunció aquellas palabras, Ammar sintió que se había equivocado. Era demasiado pronto, no tendría que haber revelado tanto. Tendría que haber esperado a que se relajara un poco, a que confiara más en él. Pero solo sabía dar órdenes y exigir obediencia.

Ahora Noelle tenía los ojos como platos y la boca abierta y le miraba con horror.

–Eso es imposible –consiguió decir ella finalmente con voz estrangulada.

Ammar sintió el antiguo instinto de revolverse. Defenderse. Negarlo. «No admitas nunca ninguna debilidad». ¿Acaso no acababa de hacerlo al decirle que quería que fueran marido y mujer?

Una idea romántica y patética que para ella sin duda resultaba ridícula. Ammar se recostó en la silla con el cuerpo rígido.

–No es imposible –afirmó.

–Imposible para mí –replicó ella.

Ahora parecía furiosa, más todavía que cuando se dio cuenta de que la había secuestrado o que cuando le dijo que no la enviaría a París de regreso. Tenía las mejillas sonrojadas y la respiración agitada.

–No tengo ningún deseo de volver a estar casada contigo, Ammar. De que seamos marido y mujer.

Ammar escuchó el desprecio que encerraban sus palabras y se sintió atravesado por la ira.

–No se trata de lo que tú desees.

Ella soltó una carcajada seca y amarga.

–Está claro que no, ya que me has drogado para arrastrarme hasta aquí. ¡Por el amor de Dios! –Noelle se levantó y arrojó la servilleta sobre la mesa–. Esta es la conversación más absurda que he tenido en mi vida. ¿De verdad has pensado por un momento que consentiría en volver a casarme contigo cuando me has traído aquí a la fuerza, cuando me rechazaste de la manera más humillante solo unos meses después de nuestra boda? ¿Por qué demonios iba a querer volver a exponerme a que me rompieras otra vez el corazón?

Los ojos le echaban chispas. Rayos y truenos. Se desató una auténtica tormenta entre ellos. Ammar se la quedó mirando con el cuerpo temblando de una rabia que no podía contener, aunque en el fondo supiera que tenía acazón. No podía negar ni una sola palabra de lo que acababa de decirle.

–Pronunciamos unos votos –afirmó con tirantez.

–Votos que tú rompiste el mismo día. Me dejaste sola, esperándote, en nuestra noche de bodas. Me llevaste a la maldita isla de tu padre y me dejaste allí durante dos meses –se le quebró la voz–. Me hiciste daño, Ammar –susurró–. Me hiciste mucho daño.

Ammar no respondió. No podía, no tenía palabras. Nunca tenía las palabras adecuadas, pero odiaba haberle hecho daño. La idea de haberle causado tanto dolor como para que siguiera llorando tantos años después le resultaba insoportable. La apartó de sí, como hacía con otros pensamientos a los que no podía enfrentarse. Eran demasiados y él lo sabía.

–Entonces déjame que lo arregle –afirmó. Aquellas palabras le resultaban extrañas, pero las decía en serio.

–¿Cómo? –Noelle se frotó los ojos con rabia.

–Dándole a nuestro matrimonio una segunda oportunidad.

Ella se le quedó mirando con los ojos abiertos de par en par como un animal atrapado. Luego apartó la vista.

–Nuestro matrimonio –afirmó con rotundidad–, nunca existió. Fue anulado, Ammar. Como si... como si no hubiéramos existido.

–Sí existimos –a veces sentía que aquel tiempo con Noelle era más real que cualquier cosa que hubiera sucedido antes o después. Pero no iba a reconocérselo ahora.

Ella sacudió la cabeza y la furia fue reemplazada por un receloso asombro.

–¿Por qué ibas a querer algo así ahora? No querías estar casado conmigo antes, ¿por qué ahora sí?

–Siempre he querido estar casado contigo –aseguró Ammar.

Noelle abrió la boca y parecía como si quisiera volver a discutir. Él apartó la vista y luchó contra la ira que le provocaba revelar tanta debilidad.

–No te creo –aseguró Noelle–. No tiene sentido.

Ammar sabía que no. Sintió el peso de todas las cosas que no le había dicho, cosas que tenía miedo de contarle porque sabía que le miraría de otra forma. Tal vez le odiara todavía más de lo que le odiaba en aquel momento.

–Nada de esto tiene ningún sentido –susurró ella.

Ammar clavó la vista en la mesa y respiró hondo.

–Una vez me amaste.

Hubo un silencio. Ammar levantó la vista y la vio mirándole tan dolida y confundida que se sintió fatal. ¿Por qué había dicho algo así?

–Sí, te amé –reconoció finalmente Noelle–. Pero acabaste con ello cuando me rechazaste sin ninguna explicación. Te negaste a venir a mí en nuestra noche de bodas y también después. ¿Te acuerdas?

Ammar apretó las mandíbulas con tanta fuerza que le dolió la cabeza.

–Lo recuerdo.

–Me ignoraste día tras día, dejaste que me pudriera en aquella maldita isla sin una sola palabra de explicación –se le quebró la voz–. Y luego, cuando fui a ti para tratar de seducir a mi propio marido, me rechazaste con toda claridad.

Todo lo que estaba diciendo era verdad, y sin embargo, le hacía sentirse furioso. Se levantó de la mesa y la miró con gesto acusador.

–Está claro que no tiene sentido continuar con esta conversación. Puedes volver a tu habitación, mañana seguiremos hablando.

Ella dejó escapar un sonido que parecía un sollozo mezclado con una risa amarga.

–¿Qué es esto, Ammar? ¿Las mil y una noches? ¿Tengo que presentarme ante ti día tras día hasta que me venga abajo y acceda a tus ridículas exigencias?

Ammar hizo un esfuerzo por hablar de forma pausada.

–Si no recuerdo mal, al final del cuento Scherezade logró su propia felicidad.

–Sí, y todos los días era amenazada de muerte.

–Yo no te estoy amenazando –aseguró Ammar, que de pronto se sentía insoportablemente cansado. No quería pelearse con ella–. Estás a salvo aquí conmigo, te lo prometo. Pero estás agotada y es demasiado tarde para que vayas a ninguna parte esta noche. Descansa. Duerme. Hablaremos mañana.

–¿Y entonces me dejarás irme?

Ammar se la quedó mirando. Vio la tristeza de sus ojos y sintió una profunda pena. Una vez le había mirado así, con tanto deseo y amor que se había quedado paralizado. Y la había apartado de sí adrede. En su momento le pareció lo único que podía hacer; tal vez ahora sucediera lo mismo. Tal vez buscara lo imposible. Cambiar. Ser amado otra vez.

–Hablaremos mañana –repitió. Y para su vergüenza, la voz se le quebró un tanto. Se dio la vuelta y tras un largo y tenso silencio escuchó el suave sonido de sus pasos y el crujir de la puerta al abrirse y cerrarse.

Estaba solo.

Noelle durmió fatal. La ira la mantuvo despierta al principio mientras recorría arriba y abajo los confines de su elegante habitación. La casa de Ammar estaba completamente en silencio, lo único que se oía era el susurro del viento sobre la arena en el exterior. Se sentía como si hubiera aterrizado en la luna. Y sin duda los acontecimientos del día pertenecían a otro planeta.

Todavía no daba crédito a que Ammar quisiera recuperar su matrimonio. «Quiero que seamos marido y mujer». ¿Por qué aquella frase le provocaba un estremecimiento de terror y de emoción al mismo tiempo? ¿O se trataría solo del impacto?

Nunca habían sido marido y mujer de verdad. Noelle recordó la confusión y la tristeza que sintió cuando esperaba que Ammar acudiera a ella la noche de bodas. Se habían casado en la mansión de su familia y tenían un ala privada solo para ellos para pasar la noche. Ella fue a la habitación, se puso el picardías de encaje que había comprado en una exclusiva boutique de París y, temblando de emoción, esperó. Y esperó. Y siguió esperando.

En un momento dado se giró el picaporte y Noelle dio un respingo en la cama, desesperada por verle entrar. Pero entonces escuchó unos suaves pasos por el pasillo, seguramente los de Ammar. El resto de la noche había sido solitaria y confusa. Al día siguiente viajaron a la isla de Alhaja, la base de operaciones del padre de Ammar. Él se mostró terriblemente distante, apenas le hablaba. Noelle le preguntó con vacilación qué había pasado y Ammar le contestó algo sobre una llamada de trabajo, lo que la hizo sentirse pequeña y poco importante. ¿Una llamada del trabajo era más importante que su noche de bodas?

No hubo tiempo para una auténtica conversación, y ella era demasiado joven e inexperta como para encararse a él. Esperó a que Ammar volviera a ser el hombre que conocía y quería, pero eso nunca sucedió. Aquella noche viajó a Lisboa por otro asunto de trabajo. Ella se quedó en Alhaja esperando su regreso. Antes de casarse habían hablado de irse a vivir a las afueras de París, buscar un sitio bonito para tener hijos, para formar una familia. Sueños que ahora, pensó con amargura, le parecían ridículos y estúpidos. Esperó dos largos y solitarios meses en Alhaja antes de darse cuenta de que Ammar no tenía planeado volver. En un último y desesperado intento de recuperar a su marido, voló a Roma para reunirse con él. No fue fácil, tuvo que llamar a su padre y convencerle para que le dejara utilizar su jet privado. Consiguió enterarse del nombre del hotel en el que estaba Ammar y esperó en su habitación vestida únicamente con un picardías de seda y tacones de aguja.

Lo que ocurrió después fue algo en lo que no quería ni siquiera pensar.

Y sin embargo, ahora, mientras recorría el dormitorio, sintió que la ira desaparecía y dejaba tras de sí una sensación de confusión. ¿Por qué quería Ammar resucitar su matrimonio? Durante todos aquellos años había dado por hecho que se había olvidado por completo de ella, pero, al parecer, no había sido así.

Y ella tampoco le había olvidado.

Noelle se dejó caer sobre la cama, agotada por su lucha emocional. Era mucho más fácil enfrentarse a la ira que a la duda.

«Una vez me amaste».

Era cierto. Al menos eso pensaba, pero ¿le conocía de verdad? ¿Cómo era posible que el hombre amable y dulce que había conocido se hubiera convertido en un bruto sin sentimientos en cuanto pronunció los votos matrimoniales? ¿Y qué hombre era ahora?

«Ya he hecho muchas cosas por las que podrían arrestarme. Una más no importa».

Noelle no quería pensar en lo que había querido decir con eso. Después de la anulación de su matrimonio supo que se decía que Empresas Tannous era un negocio corrupto. Pensó en delitos de guante blanco y se preguntó si Ammar estaría relacionado. Dio por hecho, en un esfuerzo por distanciarse, que esa era una prueba más de que no le conocía realmente. Una prueba más de que la ternura que había mostrado durante las primeras semanas había sido una farsa.

Pero ese día había visto un atisbo del hombre al que una vez amó y eso le aterrorizaba. ¿Y si el hombre tierno que había amado en una ocasión fuera el verdadero Ammar?

Sería mucho más fácil odiarle. Tenía razones para ello, y sin embargo, no podía.

Finalmente cayó sobre la cama y durmió a ratos.

Cuando se hizo de día no se sentía descansada ni tampoco tenía respuestas.

Se duchó y se vistió, esa vez se puso unos vaqueros y un jersey rosa claro que encontró en el armario. Todo le quedaba grande, pero podía ponérselo. Se ciñó los pantalones con un cinturón de piel ancho y se remangó el jersey. ¿Le habría comprado el propio Ammar la ropa? Le resultaba muy íntimo imaginársele escogiéndole las prendas, sabiéndose su talla. Al menos su talla antigua, antes de rendirse al ideal de belleza femenina de Arche, que era muy delgado.

Abrió las persianas de la ventana del dormitorio y parpadeó al sentir la luz del sol matinal. El cielo era de un azul duro y brillante, el desierto, una interminable franja de arena. No veía más que arena, rocas y el cielo. Tragó saliva y volvió a cerrar la persiana.

«Quiero que seamos marido y mujer».

Su voz había invadido sus sueños durante toda la noche mientras daba vueltas en la cama y soportaba una procesión de recuerdos que había tratado de evitar durante años. Aquellos tiernos días en Londres, cuando Ammar le parecía un hombre diferente. El hombre del que se había enamorado.

Pero ya no era ese hombre. Y más importante aún, ella no era aquella mujer, la chica ingenua que creía en el amor y anhelaba tener una casa en el campo para vivir en ella con su marido y sus hijos. Era una persona distinta, más fuerte y definitivamente más independiente. Se había pasado los últimos diez años forjándose una carrera profesional y asegurándose de no necesitar a nadie. Desde luego no necesitaba a Ammar, y en algún momento cercano al alba se dio cuenta de que la mejor manera de convencerle para que la dejara irse sería mostrándole cuánto había cambiado.

Noelle bajó resueltamente las escaleras para buscar a Ammar. Buscó en el vestíbulo de mármol y en varias elegantes salitas de recepción antes de encontrarle en la parte de atrás, en la cocina. Estaba al lado de un ventanal que iba del suelo al techo y enmarcaba una extensión de arena. Iba vestido con una camiseta desgastada de color gris y vaqueros desteñidos. Estaba descalzo y sostenía una taza de café mientras contemplaba el desierto con un leve ceño y los ojos entornados para protegerse de la claridad del sol. Durante un segundo, Noelle sintió una punzada de anhelo. Aquello era lo que tan desesperadamente había deseado. Una vida normal, un matrimonio normal. Mañanas de sol, el aroma del café recién hecho y un beso de buenos días.

Bueno, aquella mañana tenía dos de las tres cosas. La tercera desde luego no. Se aclaró la garganta.

–Buenos días.

Ammar se giró y se le iluminó un poco la expresión al ver cómo iba vestida.

–No está tan mal –dijo señalándole la ropa–. La talla.

Noelle asintió con sequedad. No sabía cómo comportarse. Discutir cada frase le resultaba agotador, pero ser educada era como rendirse.

–¿Café? –le preguntó Ammar.

Ella volvió a asentir. Le parecía más fácil no decir nada. Le vio acercarse a la encimera y servirle un café de la cafetera cromada.

–¿Todavía lo tomas con leche y dos terrones de azúcar?

–No –afirmó ella con tono más seco de lo que pretendía–. Lo tomo solo.

Ammar alzó una ceja en silencioso interrogante y le pasó el café sin endulzar. Ella sostuvo la humeante taza con ambas manos y se preguntó por dónde debía empezar. Ammar parecía distinto aquella mañana. No exactamente cercano, pero sí menos autoritario. Vio que tenía el ordenador portátil abierto sobre la mesa con una página de noticias internacionales. El momento resultaba insoportablemente normal.

–¿Cuándo dejaste de tomar leche y azúcar?

–Hace unos cinco años, cuando empecé a trabajar en Arche, la boutique para la que trabajo como asistente de compras –miró el reloj con diamantes incrustados que su padre le había regalado cuando cumplió veinte años–. Ahora mismo ya llego veintitrés minutos tarde sin ninguna explicación. Puede que pierda mi trabajo por tu culpa, Ammar.

Él frunció el ceño.

–¿Trabajas comprando cosas para una tienda? Antes trabajabas con libros.

–Cambié de profesión –cambió de vida. Los días pasados en una polvorienta librería perdida en los finales felices de otros habían terminado.

–¿Cuándo?

–Hace diez años –respondió Noelle con sequedad, aunque no era del todo cierto. Fue hacía unos ocho años, pero aquellos antiguos sueños murieron la noche en que Ammar la rechazó.

Se había apartado de ellos deliberadamente: la casita a las afueras de París y una pequeña librería que fuera suya. Le había hablado a Ammar sobre ella, la tienda tendría un pequeño café y juguetes para niños y de sus paredes colgarían cuadros que se podrían vender.

Noelle sofocó aquellos recuerdos y le miró con los ojos entornados.

–Tú ya no me conoces, Ammar. Soy una mujer distinta, y...

–Yo también soy distinto –la interrumpió él–. Al menos lo estoy intentando. Aunque tal vez sea imposible, después de todo.

Aunque estaba medio ladeado, Noelle no pudo evitar ver cómo apretaba ligeramente las mandíbulas, cómo hacía un pequeño puchero con los labios. Se quedó momentáneamente sin aliento y sintió un abrumador anhelo en el pecho. Deseo y amor. En el pasado le deseó de todas las formas que una mujer podía desear a un hombre. Como protector, como amante, como amigo. ¿Y ahora? Todavía le deseaba. Su cuerpo clamaba al suyo, su corazón recordaba.

No. Dejó la taza sobre la mesa.

–Tienes que dejar que me vaya.

Ammar se giró otra vez hacia ella.

–¿Te gusta trabajar para Arche?

–¿Gustarme? Sí, por supuesto. Quiero decir... es mi trabajo. Mi carrera profesional.

–¿Y te gusta esa carrera?

–¿Por qué quieres saberlo?

Ammar curvó ligeramente los labios hacia arriba. Fue casi una sonrisa, y una nueva oleada de deseo atravesó a Noelle.

–Porque hacía diez años que no nos veíamos –respondió él–, y como tú misma has dicho, somos distintos. Unas cuantas preguntas informales pueden ser un buen comienzo para conocerte mejor.

–Sería una idea perfectamente comprensible si estuviera aquí en circunstancias normales y quisiera conocerte –a pesar del café, el sol y el ordenador abierto sobre la mesa, aquella no era una situación ni remotamente normal–. Te olvidas de que me has secuestrado.

–No me dejas olvidarlo –la voz de Ammar se volvió dura.

–¿Por qué iba a hacerlo? –Noelle le miró desafiante y luego respiró hondo–. Mira, Ammar, entiendo que has pasado hace poco por una experiencia traumática. Has sufrido un accidente de helicóptero y has perdido a tu padre. Supongo que seguramente eso te hizo pensar sobre tu vida y tal vez incluso arrepentirte de lo sucedido con anterioridad con nosotros. Tal vez por eso has pensado que deberíamos...

–¿Volver a estar juntos? –la interrumpió él con tono suave–. Ahórrame el psicoanálisis, Noelle. Es lo último que necesito de ti –se giró hacia la ventana otra vez. Una roca solitaria se alzaba hacia el cielo como si quisiera agujerear su dureza azul–. Una vez estuviste dispuesta a pasar el resto de tu vida conmigo. ¿De verdad no puedes dedicarme unos días?

Noelle se preguntó cómo era posible que hubiera dado la vuelta a la tortilla de aquella forma. Parecía que fuera ella la que estaba siendo egoísta. Aspiró con fuerza el aire. Tenía que concentrarse. Concentrarse en su objetivo, que era salir de allí.

–¿Es eso lo único que quieres?

Ammar se giró de nuevo hacia ella. Sus ojos de color ámbar brillaban como los de un depredador.

–Es un comienzo. Tal vez en este cuento me toque a mí ser Scherezade.

Noelle sacudió lentamente la cabeza sin entender.

–Dame tres días –le pidió Ammar con dulzura–. Es viernes. Quédate al menos el fin de semana. Solo faltarás dos días al trabajo.

Noelle sintió que le daba un vuelco el corazón dentro del pecho. ¿Se debería al miedo... o a la emoción?

–¿Y luego? –preguntó en voz baja.

–Luego puedes dejarme.

Dejarle. Sonaba tan premeditado, tan frío... Y sin

embargo, lo había hecho una vez. Había huido de él en el hotel de Roma para regresar a la mansión de su familia en Lyon. El único contacto que tuvo con él después de aquello fue a través del abogado de su padre para solicitarle la anulación basada en la no consumación del matrimonio. Ammar la firmó y se la envió, y eso fue todo.

Tenía que volver a dejarle. En ese momento. Debería insistir para que la llevara inmediatamente a París. Si fuera tan fuerte como pensaba le amenazaría fríamente con denuncias y demandas legales. Pero tal vez no lo fuera tanto como quisiera.

«Una vez me amaste».

Sí, y fue el recuerdo de aquel amor, por muy doloroso que fuera, lo que la llevó a asentir lentamente. Si se quedaba tal vez podría cerrar aquel círculo como siempre había querido hacer. Y también obtener respuestas. Aquella podía ser su oportunidad para entender por fin por qué Ammar había cambiado después de la boda, qué le había llevado a rechazarla de un modo tan humillante.

Pero ¿de verdad quería abrir la caja de Pandora de los recuerdos y sacar la maraña de emociones oscuras que había dentro?

Tragó saliva. No podía responder todavía a aquello. Solo tenía que aceptar. Y su aceptación sería su billete de vuelta para salir de allí.

–De acuerdo, Ammar. Me quedaré hasta el domingo. Pero me llevarás de regreso a París para estar trabajando el lunes a las nueve en punto de la mañana.

–Supongo que es lo justo.

–¿Lo justo? –Noelle respondió con amargura–. Esto no tiene nada de justo.

Ammar asintió lentamente.

–Tal vez no –reconoció–. La vida nunca es justa –se giró hacia la cocina y movió algo que estaba calentando–. Vamos, siéntate. Tienes que engordar un poco.

–Estoy muy bien así –respondió Noelle con sequedad.

Estaba siendo muy susceptible. Ammar seguramente no querría estar con ella más después de los tres días. La idea tendría que haberla aliviado, pero para su irritación no fue así.

–Estoy de acuerdo –afirmó Ammar con su tono calmado–. Tal vez sea yo quien necesite engordar.

Noelle sonrió débilmente a pesar de su intención de mantener la compostura y la frialdad.

–Has perdido peso –comentó, aunque a sus ojos seguía siendo fuerte y poderoso. Tomó asiento en la mesa–. ¿Fue espantoso? –preguntó en voz baja–. ¿El accidente?

Ammar se encogió de hombros mientras le servía unos huevos fritos y varias tiras de beicon. A Noelle le encantaba desayunar así cuando vivía en Londres, pero hacía años que solo tomaba un café solo y tal vez un cruasán.

–No recuerdo mucho del accidente en sí.

–¿Qué ocurrió?

Ammar se sentó frente a ella con su propio plato de huevos y beicon.

–Falló el motor del helicóptero. No sé por qué. Tal vez... –se detuvo y sacudió ligeramente la cabeza antes de seguir–. En cualquier caso, estábamos descendiendo y mi padre insistió en que me pusiera el paracaídas.

–¿Solo había uno?

–Sí, y creo que era para situaciones como aquella. Quería asegurarse de que él fuera el único que sobreviviera.

Noelle le miró horrorizada.

–Pero eso es... ¡una salvajada!

–Mi padre era un salvaje –respondió Ammar con calma.

Noelle no contestó. No quería saber hasta qué punto había sido Balkri Tannous un desalmado. Tragó saliva y dijo:

–Pero te lo dio a ti. ¿Un cambio de opinión? –percibió la nota de cinismo de su tono y supo que Ammar también la había notado.

Él la miró con tristeza.

–Quiero pensar que sí. Le habían diagnosticado un cáncer unos meses atrás. Terminal. Creo que eso le hizo pensar, replantearse sus prioridades.

–¿Fue eso lo que te ocurrió a ti? –todavía sonaba sarcástica.

–Supongo que sí. Cuando te enfrentas a la posibilidad real de tu propia muerte empiezas a pensar seriamente en lo que es importante.

Noelle se preguntó si estaría dando a entender implícitamente que ella era importante.

–Entonces, ¿qué ocurrió? –preguntó para mantener la conversación centrada en los hechos–. ¿Te lanzaste en paracaídas al mar?

–Sí, aunque no lo recuerdo. Di con fuerza contra el agua y lo siguiente que supe fue que estaba tirado en la playa de una pequeña isla desierta. Irónicamente, en algún lugar cerca de Alhaja –frunció el ceño al recordar–. Mi padre era dueño de toda la tierra de esa parte del Mediterráneo, y los barcos se mantenían alejados de la zona. Fue una suerte que me encontraran.

–¿Y después?

–Unos pescadores me llevaron a la costa de Túnez, donde luché contra la fiebre que supongo que me provocó esta herida –se señaló la cicatriz de la cara– durante varias semanas hasta que volví en mí y me di cuenta de lo que había pasado.

–Y entonces viniste a buscarme.

–Sí.

Noelle se quedó mirando su plato. Sin darse cuenta, se había comido todo el beicon y los huevos. Y todavía tenía hambre. Ammar le ofreció unas tostadas. Ella tomó una y empezó a untarle mantequilla.

–¿Y qué vas a hacer ahora? Trabajabas para tu padre antes de...

–Ahora trabajaré para mí –afirmó Ammar con seguridad y cierto triunfalismo.

–¿Como director ejecutivo de Empresas Tannous?

–Sí.

–¿Será muy distinto ahora que vas a ser el jefe? –le preguntó Noelle con vacilación.

Ammar se inclinó hacia ella con los ojos brillantes.

–Será completamente distinto.

Noelle sintió una punzada de curiosidad, pero no hizo más preguntas. No tendría que haberle preguntado nada, hacerlo sugería una intimidad que no tenía intención de sentir.

O de revelar. Porque se dio cuenta arrepentida de que ya la sentía. Todavía sentía algo por Ammar, aunque fuera solo una brasa perdida entre las cenizas de su antigua relación.

¿Cómo sobreviviría a los siguientes tres días sin que cobrara vida? Sabía que era débil en lo que a él se refería. Ya había empezado a ceder. Se levantó de la mesa tan deprisa que estuvo a punto de derramar la taza de café.

–Estoy cansada –dijo con el corazón latiéndole con fuerza–. Creo que voy a volver a mi habitación.

–Muy bien –Ammar también se levantó y le dirigió una mirada calmada.

Noelle se le quedó mirando y contuvo el impulso de decirle alguna estupidez. Le había gustado demasiado estar allí sentada al sol hablando con él. Le gustaba sentir que era posible o incluso normal mostrarse relajada y abierta con él.

Tragó saliva, asintió con la cabeza a modo de despedida y salió de la cocina.

Ammar vio cómo Noelle salía huyendo de la cocina y sintió una punzada de pesar. Durante unos instantes habían mantenido una conversación normal y le había resultado muy fácil. Sorprendente y maravillosamente fácil, porque no le gustaba hablar del accidente ni de su padre ni del pasado. Pero ¿cómo iba a recuperar a Noelle si no compartía nada de aquello con ella? Incluso él sabía lo suficiente sobre el amor y las relaciones como para entender que no podían darse en un vacío de ignorancia. Y sin embargo, reconoció sombríamente, a veces la ignorancia era una bendición.

Ammar suspiró con impaciencia y se apartó de la mesa. El día se extendía largo y vacío ante él, porque no le cabía duda de que Noelle iba a esconderse en su habitación todo el tiempo que pudiera. No tendría que haber sugerido que se quedara solo el fin de semana; necesitaba mucho más que tres días para convencerla de que volviera a ser su esposa. Necesitaba un milagro.

Apartando a un lado aquellos sombríos pensamientos, agarró el ordenador portátil y se fue a su despacho a trabajar. Cerró brevemente los ojos ante la lista interminable de correos electrónicos que habían entrado en su buzón durante la noche. Todo el mundo quería saber cómo iba a dirigir la empresa, si seguiría el ejemplo de su padre o el de su hermano.

En las semanas posteriores al accidente, Khalis se había hecho cargo de Empresas Tannous, aunque su padre le había desheredado quince años atrás, cuando Khalis se dio cuenta de la gravedad de la corrupción y la inmoralidad de Balkri Tannous y se marchó. Había fundado su propia empresa de inversiones e inició una nueva vida en América mientras Ammar se convertía en la mano derecha de su padre y cumplía sus odiosas órdenes. Había vendido su alma.

Ammar se levantó del escritorio. La rabia y la furia se apoderaron de él una vez más. Antes de su muerte, Balkri había querido arreglar las cosas con Khalis. Como le había dicho a Noelle, el diagnóstico de cáncer de su padre le había hecho desear una reconciliación. Suponía que eso estaba detrás del hecho de que su padre hubiera firmado en secreto la entrega de la mayoría de las acciones a Khalis solo unas semanas antes del accidente. Khalis había recibido el control de Empresas Tannous. En cuanto a Ammar...

Él no había recibido nada, lo que demostraba que no se podían hacer pactos con el diablo. Solo había estado al frente de Empresas Tannous porque Khalis no quería hacerse cargo. Pero ahora que había vuelto, Ammar quería hacer algo por la empresa de su padre. ¿Era posible la redención a tan gran escala?

Y en cuanto a su redención personal.... El estómago se le retorció por los remordimientos e incluso por la culpabilidad. Noelle debía de preguntarse cómo era Empresas Tannous, qué había sido capaz de hacer él. ¿Cómo podía ser de otra manera si la había secuestrado?

Aunque quería cambiar, convertirse en un hombre bueno y sincero, no estaba seguro de lograrlo. Y si Noelle supiera lo que había hecho, su vergüenza, no cabría ninguna posibilidad de que se quedara a su lado.

Capítulo 4

NOELLE se quedó en su habitación durante dos horas antes de decidir que estaba comportándose de forma ridícula. No podía quedarse allí escondida para siempre. Además, se aburría. Y aunque le resultara increíble, tenía hambre otra vez. Pero sobre todo, quería ver a Ammar. Había llegado el momento de obtener algunas respuestas.

Salió del encierro de su dormitorio y fue a buscarle. La casa estaba en absoluto silencio, no se escuchaba el sonido de ninguna voz o de pasos. ¿Tendría Ammar personal a su servicio allí o estarían completamente a solas? Miró en la cocina, vio que alguien había retirado los platos del desayuno y limpiado la cocina. Pero no había nadie a la vista.

Salió de puntillas al pasillo principal, miró en uno de los salones, en el comedor y en una sala de música que tenía un enorme piano. No había ni rastro de nadie. ¿Dónde estaba?

–¿Me estás buscando?

Noelle se dio la vuelta y vio a Ammar de pie en una entrada disimulada en la pared con tanto acierto que ni siquiera la había visto. Y él estaba tan quieto como un gato o como un ladrón.

Noelle tragó saliva y asintió.

–Sí. Quería hablar contigo.

–Eso es un cambio agradable –Ammar se giró para cerrar la puerta a su espalda.

–¿Por qué tienes una puerta secreta? –preguntó ella.

–Poseo mucha información de alto secreto.

Noelle no preguntó nada más.

–¿Salimos? No hace demasiado calor en el jardín.

–¿Hay un jardín? –quiso saber ella–. Desde mi ventana no se ve.

–Está al otro lado de la casa –la guió a través de la sala de música hasta llegar a la puerta de un balcón que daba a un jardín cerrado con un área para sentarse y una enorme piscina bajo la sombra de las palmeras. Los árboles y el seto, así como los altos muros, proporcionaban refugio del viento del desierto y del sol.

–¿Tocas el piano? –preguntó Noelle.

Ammar asintió.

–No lo sabía. ¿Lo tocabas cuando... cuando estábamos juntos?

Él volvió a asentir.

–No es algo que cuente normalmente.

–¿Por qué no?

Ammar se encogió de hombros.

–Supongo que la música es algo privado.

Noelle se le quedó mirando. Estaba a unos metros de ella en aquel enclave que olía a flores. Tenía un aspecto calmado y al mismo tiempo tenso, incluso resignado. Se metió las manos en los bolsillos de los vaqueros y esperó como si aguardara un veredicto.

–En realidad, no te conozco en absoluto –dijo ella en voz baja.

–Lo sé.

Resultaba extraño, pero no esperaba que lo reconociera. Eso la entristeció. Aspiró con fuerza el aire y lo dejó escapar lentamente.

–Quiero algunas respuestas.

Ammar asintió. Esperó. Noelle hizo un esfuerzo y le preguntó:

–¿Por... por qué me rechazaste en el hotel? –en cuanto pronunció aquellas palabras se arrepintió de haberlo hecho.

¿De verdad quería saber por qué había cambiado de opinión, por qué no se sentía atraído de pronto hacia ella y si no lo había estado nunca? ¿Qué otro motivo llevaría a un marido a negarse a tener relaciones sexuales con su mujer?

–Supongo que en su momento me pareció la única opción –respondió Ammar con cuidado.

–¿Por qué?

Ammar no dijo nada. Ella se sintió atravesada por la frustración, era como estar mirando una pared de piedra.

–Ammar, si albergas la esperanza de tener algún tipo de relación conmigo sin duda entenderás que necesito algunas respuestas. No puede haber relación si no hay sinceridad.

–No es tan sencillo.

–Sí lo es.

Le brillaron los ojos de frustración.

–Ves el mundo como si fueras una niña.

–¡No soy ninguna niña! –aquello le dolía porque Ammar sabía lo inocente e ingenua que había sido en el pasado, cuando creía lo mejor de él, de ellos. Pero ya no era aquella niña estúpida–. Creo que todo el mundo estará de acuerdo en que la sinceridad es esencial en cualquier relación.

–No lo niego –afirmó Ammar con tirantez–. Pero no estoy seguro de cuánta sinceridad estoy dispuesto a mostrar... o tú a escuchar.

Noelle guardó silencio de pronto. Tenía razón. ¿Cómo de sincero quería que fuera? ¿Y por qué hablaba de la necesidad de serlo si no albergaba ninguna intención de tener una relación con él? Pero tenía que saberlo. Al menos algo. Respiró hondo.

–En nuestra noche de bodas estaba tumbada en la cama esperando a que vinieras y alguien giró el picaporte de la puerta como si quisiera entrar. ¿Eras tú?

Transcurrió un segundo en el que solo se escuchó el susurro del viento, el suave balanceo del agua de la piscina.

–Sí.

Ella volvió a suspirar.

–¿Ibas a entrar y luego cambiaste de opinión?

–Sí.

–¿Por qué?

–Porque... –se detuvo y levantó una mano como si quisiera pasársela por el pelo antes de recordar que ya casi no tenía. La dejó caer a un costado y se apartó de Noelle.

–Ammar...

–Esto no es fácil para mí, Noelle –volvió a acercarse a ella con el cuerpo rígido–. No acudí a ti aquella noche ni ninguna otra porque pensé que sería más fácil para ti.

–¿Más fácil?

–No estar casada conmigo.

Ella se le quedó mirando mientras la cabeza le daba vueltas con aquella revelación. Se había imaginado muchas razones dolorosas por las que Ammar podría haberla rechazado. Estaba cansado de ella, había cambiado de opinión, nunca la había amado en realidad. Pero jamás se había imaginado algo así.

–Más fácil para mí –repitió sin dar crédito–. ¿En qué sentido?

Ammar apretó los labios y la mandíbula y finalmente dijo haciendo un esfuerzo:

–Me di cuenta de que nuestro matrimonio no funcionaría, así que te ofrecí una salida.

Ella sacudió la cabeza negándose a creer aquella explicación tan simplista y ridícula.

–No me dijiste nada, Ammar, actuabas como si no pudieras soportar estar conmigo ni un segundo –el recuerdo hizo que se le formara un nudo en la garganta.

–No era eso.

–¿Y se supone que debo creerte?

–Es la verdad.

Noelle sacudió la cabeza con tanta fuerza que se le nubló la visión.

–No. Estás reescribiendo la historia, Ammar, o tal vez mintiendo –le espetó–. ¿Cómo voy a creer que me estuvieras haciendo un favor si me trataste como si me odiaras?

Ammar apretó los labios.

–No quiero seguir hablando de esto.

–Pero yo sí, yo...

–Lo único que necesitas saber –la atajó Ammar–, es que me di cuenta de que no iba a funcionar y quise liberarte.

–¿Liberarme? ¿Esa es tu versión de los hechos? Porque es muy diferente de la mía. No me liberaste, Ammar, me dejaste tirada –le ardía la garganta y le quemaban los ojos de la rabia–. ¿Así que quisiste renunciar a nuestro matrimonio sin una palabra de explicación antes siquiera de que empezara?

Resultaba muy doloroso, sobre todo porque la verdad era peor que todo lo que Noelle se había imaginado. El dolor y la sensación de pérdida resurgieron en todo su esplendor.

–No estaba renunciando a ti –afirmó Ammar con voz pausada–. Estaba renunciando a mí mismo.

Ella se le quedó mirando fijamente, sus palabras parecían resonar a través de ella.

–¿Qué quieres decir?

Se hizo otro largo silencio. El rostro de Ammar parecía esculpido en piedra.

–Supe que no podría ser el marido que te merecías.

Noelle hizo un esfuerzo por ignorar el dolor que le provocaban sus palabras.

–¿Por qué no? Sigo sin entender nada –dijo con una mezcla de desesperación y algo más peligroso. A aquellas alturas no debería importarle, y sin embargo, le dolía. Le importaba demasiado.

–Me di cuenta de que me estaba engañando a mí mismo –afirmó Ammar–. Nuestra relación no funcionaría y no quería arrastrarte conmigo. Por eso me fui.

Sus palabras fueron seguidas de un tenso silencio.

–¿Y lo decidiste justo después de que nos casáramos? –Noelle hizo un esfuerzo por agarrarse a la ira en lugar de la desolación que amenazaba con apoderarse de ella–. ¿No podrías haberte dado cuenta antes? Podrías haber hablado conmigo...

–Lo hecho, hecho está –aseguró él.

Noelle dejó escapar un gemido ahogado que sonó como un sollozo.

–Para mí no lo está, Ammar. ¿Por qué otra razón estaría aquí exigiendo respuestas? ¿Y por qué me has traído? ¿Qué ha cambiado ahora? ¿Por qué crees que ahora funcionaría nuestro matrimonio? –dio un paso hacia él con los puños apretados. Estaba furiosa–. No me estás contando toda la verdad.

–Te estoy contando lo suficiente.

–¿Quién decide qué es suficiente? Lo único que me

has dicho es que cambiaste de opinión y me abandonaste. Bueno, pues ¿sabes qué, Ammar? Eso ya lo sabía antes.

–No fue así, Noelle –por primera vez Ammar alzó la voz y los ojos le echaron chispas de furia.

–Eso fue lo que pareció –ella dejó escapar un suspiro entrecortado. Sintió que se le llenaban los ojos de lágrimas–. Tardé años en superar lo de nuestro matrimonio, y todo porque no te molestaste en contarme lo que de verdad estaba pasando. Y sigues sin hacerlo.

–Lo siento –Ammar suspiró–. Lo siento –repitió–. En aquella época estaba viviendo un sueño contigo –dijo con voz pausada–. Y me desperté en nuestra noche de bodas.

–¿Cómo?

Él sacudió la cabeza.

–No importa.

Claro que importaba, por supuesto que sí. Pero esa vez Noelle no le presionó. La ira la había abandonado, dejándola tan emocionalmente expuesta como aquella horrible noche en el hotel cuando la apartó de sí.

Ammar seguía teniendo una expresión absolutamente neutra, y Noelle se dio cuenta de pronto de que le resbalaban las lágrimas por las mejillas. Perfecto. Y ella que se creía fuerte e independiente. Veinticuatro horas con Ammar habían bastado para hundirla.

Él seguía sin hablar. Ni siquiera se había movido, y Noelle no podía imaginarse qué estaría pensando. Se sentía más confundida que nunca. Aspirando con fuerza el aire por la nariz, se giró sobre los talones y salió a toda prisa del jardín.

Desgraciadamente, no tenía dónde ir excepto de regreso a su dormitorio. No podía darse un paseo por el Sahara. Recorrió de arriba abajo la habitación alternando entre la ira y la desolación hasta que finalmente cayó sobre la cama agotada y lloró con todas sus fuerzas. Se sentía bien al llorar, era un alivio que necesitaba, y sin embargo, odiaba llorar por Ammar una década después de que su matrimonio hubiera acabado. Se suponía que el tiempo curaba las heridas, pero las que ella tenía en el corazón estaban tan en carne viva como la cicatriz de la cara de Ammar.

Finalmente se quedó adormilada y, cuando se despertó, el sol se estaba poniendo, proyectando largas sombras en el suelo de su dormitorio. Alguien llamaba a la puerta con los nudillos. Noelle se incorporó y se apartó el pelo revuelto de la cara.

–¿Sí? –preguntó con voz ronca.

–La cena está servida, señorita.

Noelle no reconoció la voz de la mujer, pero dio por hecho que se trataba de algún miembro del personal de servicio. Así que Ammar y ella no estaban solos.

–Gracias –dijo en voz alta levantándose de la cama.

¿Y ahora qué?, se preguntó. ¿Qué le diría a Ammar cuando volviera a verle otra vez? ¿Cómo se las arreglaría para mantener al menos la compostura? Todavía le quedaban cuarenta y ocho horas en aquella prisión del desierto. Dos días más con Ammar.

Se cambió y se puso una túnica azul claro de lino que le quedaba también demasiado grande y se la ajustó con un cinturón ancho. Las palabras de Ammar, el tono que utilizó e incluso la sombría expresión de su rostro volvieron a ella en una oleada de angustia.

«No renuncié a ti. Renuncié a mí mismo. Sabía que no podía ser el marido que te merecías».

Noelle se dejó caer en el taburete acolchado que había delante de la cómoda y se tapó el rostro con las manos. Se dio cuenta de que ya no estaba enfadada, ahora solo sentía una abrumadora tristeza por lo que había sido... y por lo que nunca fue. Por lo que podría haber sido si Ammar hubiera sido sincero con ella cuando se casaron.

Pero ¿de verdad quería saber por qué no se consideraba digno de ella? ¿Importaba ya algo?

Noelle levantó la cabeza y se quedó mirando su reflejo en el espejo. Tenía la cara pálida y sombras violáceas bajo los ojos. ¿Importaba algo? ¿Estaba su corazón contemplando alguna posibilidad de futuro con Ammar aunque su mente insistiera en que se marcharía en un par de días? El corazón siempre la engañaba, y supo con repentina claridad que esa era la razón por la que se comportaba de forma tan volátil desde que puso los ojos en él.

Tenía miedo de seguir amándole, o de poder volver a amarle si se dejaba llevar.

Pero ¿cómo amar a alguien a quien no se conocía realmente?

Noelle suspiró. No tenía respuesta para aquella pregunta.

Ammar se levantó de la mesa en cuanto Noelle entró en el comedor. Estaba pálida, pero parecía serena. La túnica azul enfatizaba su cuerpo esbelto y la hacía parecer frágil. Sintió el deseo de protegerla aunque sabía que era un impulso inútil. Noelle ya no necesitaba su protección.

No la quería.

Sus palabras acusadoras le habían perseguido durante toda la tarde. No podía ignorarlas.

«Tardé años en superar lo de nuestro matrimonio y todo porque no te molestaste en contarme lo que de verdad estaba pasando. Y sigues sin hacerlo».

No, no podía hacerlo. No tenía ni el coraje ni la fuerza para contarle toda la verdad. No sabía si podría hacerlo alguna vez, aunque sabía que Noelle seguiría pidiéndole respuestas. Quería conocer todos sus secretos, secretos que les harían daño a ambos.

Y ya le había hecho bastante daño a Noelle. Se dio cuenta de que nunca había considerado la posibilidad de estar actuando de forma egoísta al alejarse de ella. Para ser sincero, aquella tarde había atribuido una especie de nobleza sacrificada a sus actos, considerándolos de lo mejor que había hecho en su triste vida.

Qué ironía. Qué tragedia.

–¿Ammar?

Se centró ahora en ella, vio cómo se llevaba la mano al cuello. El pulso le latía bajo las yemas de los dedos. Estaba nerviosa. ¿Tendría miedo? La idea de que pudiera tener miedo de él le resultaba insoportable.

–Lo siento –dijo avanzando–. Estaba distraído por mis pensamientos. Ven, siéntate –le tendió la mano y le sorprendió gratamente que la aceptara. Sentir sus delicados dedos entre los suyos le provocó una punzada de deseo que le atravesó por su dulzura. La deseaba con toda su alma. Siempre la había deseado de una forma tan desesperada que le asustaba. Y sin embargo, había permitido que creyera que no la deseaba en absoluto sin pensar en ningún momento en el dolor que eso le causaría a ella. No había querido pensar en ello. Así había sobrevivido trabajando para su padre durante tanto tiempo. Sin pensar en lo que hacía, en el dolor que causaba. Sin pensar en nada.

Noelle tomó asiento y retiró la mano de la suya para tomar la servilleta. Tras un segundo de silencio, alzó la vista y le miró con tristeza.

–No sé qué decirte.

–Ya somos dos –Ammar le sirvió un poco de *kousksi bil djaj*, una especialidad tunecina hecha con pollo y cuscús. Mientras comían, buscó un tema de conversación inocuo–. Háblame de Arche. ¿Qué es lo que haces exactamente allí?

Noelle parecía sorprendida por su interés.

–Compro accesorios y calzado para la sección de señoras.

–¿Y eso qué implica? –no le interesaba lo más mínimo el calzado femenino, pero le gustaba escucharla. Le gustaba cómo se le sonrojaban ligeramente las mejillas y se le iluminaban los ojos, que se volvían casi dorados. Y los dos necesitaban un respiro tras la intensidad de la conversación que habían mantenido antes.

–Voy a desfiles de moda y decido lo que va a tener éxito en cada temporada. Le echo un ojo a lo que la gente lleva. Se trata en gran parte de predecir tendencias.

–Eso es como apostar.

–Sí –Noelle se rio suavemente–. Yo aposté un invierno a que las botas de peluche hasta el tobillo iban a ser un éxito y me equivoqué por completo. A decir verdad, ni siquiera me gustaban. Parecía que tenías pelo en el pie.

Noelle torció el gesto y Ammar sonrió. Sintió cómo su interior se iluminaba un poco.

–Supongo que eso no es lo que la gente busca.

–No, la verdad es que no. Pero yo me compré un par y las llevé durante toda la temporada –se encogió de hombros–. Gajes del oficio.

–Seguro que te quedaban bien –dijo él–. A ti te queda bien todo.

Noelle se quedó paralizada un instante y sus ojos echaron chispas.

–Al parecer, los picardías de seda con tacones no –dijo con tirantez.

Ammar se sintió atravesado por un punzón de hielo. Se refería, por supuesto, a aquella noche en el hotel. Aquella maldita noche en la que se le ofreció y él la apartó de sí para protegerlos a ambos. Le dio un sorbo rápido a su copa de vino.

–Cuéntame alguna predicción con la que acertaras.

Noelle apretó los labios y apartó la mirada.

–Con que el gris es el nuevo negro, supongo –dijo finalmente.

Ammar sintió una oleada de alivio. Al parecer, no iba a seguir con el tema.

–Parece que ahora te gustan los colores más oscuros –iba de negro cuando la vio en el baile benéfico y de gris al día siguiente.

–Los colores oscuros están de moda –aseguró ella–. Y tengo que seguir la moda.

–Me gustaba verte vestida con tonos alegres.

Ella le lanzó una mirada dura.

–Ahora soy distinta, Ammar. Sé que crees que podemos retomarlo donde lo dejamos, pero no solo no quiero hacerlo, sino que tampoco podríamos. Soy una persona completamente distinta.

Y estaba dispuesta a recordárselo a cada instante.

Resultaba curioso que fuera él quien tratara de charlar de cosas sin importancia cuando siempre había sido Noelle la que trataba de implicarle en su alegre conversación con sus bromas y su risa.

–¿En qué sentido eres distinta? –le preguntó con la mayor amabilidad que pudo. Quería saberlo de verdad.

Ella entornó la mirada.

–No soy tan ingenua como antes. Ni tan inocente. Ni tampoco creo en los finales felices.

Cada frase sonaba como una acusación. Ammar apartó la vista.

–Entiendo –dijo en voz baja.

–¿Y en qué has cambiado tú? –preguntó Noelle con cierto tono desafiante.

Ammar volvió a experimentar aquella familiar punzada de furia. Parecía que se estuviera burlando, como si no creyera que había cambiado.

–Bueno, está esto –se señaló la cicatriz de la cara–. Y estoy pensando en seguir con el pelo así de corto. Me lo cortaron cuando estuve con fiebre, supongo que porque lo tenía muy sucio. Pero me resulta más cómodo así.

Ella se le quedó mirando y Ammar supo que no sabía si reírse o llorar.

–Sabes que no me refiero a eso.

–Lo cierto es que no tengo ganas de desnudar mi alma ante ti cuando parece que tú lo que quieres es arrancarme la cabeza –afirmó con tirantez.

–Nunca has desnudado tu alma ante mí. Nunca has compartido nada conmigo.

Ammar apretó los puños de forma involuntaria.

–Creo que esta tarde sí lo he hecho.

Ella soltó un gruñido despectivo. Ammar apretó todavía más el puño hasta que se hizo daño en los dedos.

–¿A eso le llamas tú desnudar el alma? Ammar, me hablaste con acertijos, no me dijiste nada claro. Sigo sin entender nada. Sin entenderte a ti.

–Tal vez no quiera que me entiendas –murmuró él apretando los labios.

–Entonces, ¿qué es lo que quieres? –inquirió Noelle alzando la voz–. Porque me dijiste que querías recuperar nuestro matrimonio, que fuéramos marido y mujer, pero ni siquiera sé lo que significa eso para ti. Está claro que no implica sinceridad, porque es imposible arrancarte una respuesta clara. Ni tampoco significa cercanía, porque has mantenido las distancias en todos los sentidos posibles. Entonces, ¿de qué se trata? ¿De tener un cuerpo caliente en la cama?

Noelle se dio un golpe en la frente y puso los ojos en blanco.

–Ah, no, eso no. Nunca has querido tenerme en tu cama.

–No lo hagas –dijo él en voz baja.

–¿Que no haga qué? ¿Decir la verdad? ¿Por qué no? ¿Qué tengo que perder? Me has secuestrado y te niegas a dejarme ir.

–¿Nunca vas a olvidar aquello?

–¿Por qué iba a olvidarlo? ¿Por qué diablos iba a volver contigo? Sí, hace diez años te amé, pero entonces eras distinto.

–No era distinto –afirmó Ammar–. Cuando estaba contigo era el hombre que quería ser.

Ella se le quedó mirando fijamente, asombrada sin duda por aquella confesión que Ammar no había querido hacer. El silencio se alargó, y él sintió como si hubieran dirigido un foco hacia su alma.

–¿Y ahora? –susurró finalmente Noelle.

A Ammar le costaba trabajo pronunciar las palabras, pero sabía que debía hacerlo. Ella necesitaba escucharlas.

–Quiero volver a ser ese hombre.

Noelle no dijo nada, pero él vio el dolor en sus ojos mientras sacudía ligeramente la cabeza. Ammar se levantó de la mesa. Ya había tenido bastante. Ya se había expuesto demasiado y estaba cansado de que le acusara y le juzgara.

–Ya basta –dijo en voz alta con tono firme–. Ya hemos hablado bastante de este tema.

–Ni siquiera hemos empezado a...

–Yo ya he terminado –Ammar arrojó la servilleta sobre la mesa mientras se apartaba de ella–. Lo arreglaré todo para que el helicóptero te lleve a Marrakech. Puedes marcharte esta noche.

Noelle observó con incredulidad cómo Ammar salía del comedor con largos y furiosos pasos. ¿Marcharse aquella noche? Entonces la estaba dejando marchar. Se había rendido. Era libre. Entonces, ¿por qué no estaba contenta, o al menos aliviada? Sorprendentemente, se sentía peor que nunca.

Dobló cuidadosamente la servilleta y la dejó sobre la mesa. La casa estaba tan silenciosa como siempre. ¿Dónde habría ido Ammar? Estaba furioso, eso era lo que sabía. Le había hecho enfadar y ahora se daba cuenta de que lo había hecho adrede porque tenía miedo. Miedo a rendirse y permitirse el volver a sentir algo por él otra vez. Así que presionó y presionó con sus preguntas hasta lograr alejarlo de ella. Y sin embargo, ahora que lo había conseguido lamentaba haberlo hecho. Deseaba... ¿qué deseaba? Le daba miedo reconocer lo que deseaba. Mucho miedo. No tendría que estar siquiera planteándose aquellas preguntas. Lo que debía hacer era salir de allí, llegar a Marrakech en helicóptero y de allí tomar un avión a París. No volver a ver a Ammar jamás.

La idea le provocó una dolorosa punzada directamente en el corazón. Eso no era lo que quería. Cerró los ojos y se los apretó con las manos. ¿Por qué no tenía la fuerza suficiente para marcharse de allí?

¿O para quedarse allí?

La idea le atravesó el corazón como un rayo caído del cielo destrozando sus convicciones. ¿Qué quería de verdad?

No quería irse todavía. No sabía por qué, no sabía si habría esperanza para ellos, pero no quería irse. Aunque ¿qué sucedería si se quedaba?

Sintió que la adrenalina le corría por las venas. El corazón empezó a latirle con fuerza con una mezcla de emoción y miedo. Terror en realidad, porque contemplar aquella posibilidad suponía exponerse al dolor devastador que había sentido en el pasado. ¿Cómo podía pensar siquiera en ello?

¿Y cómo no iba a hacerlo?

Noelle se levantó despacio de la mesa. Sentía las piernas débiles cuando salió del comedor. Tenía que encontrar a Ammar. ¿Y luego qué? Recorrió lentamente todas las habitaciones vacías. Incluso encontró la puerta oculta y miró en el despacho, que sorprendentemente no estaba cerrado con llave, pero Ammar tampoco se encontraba allí. Vio papeles esparcidos por el escritorio y un ordenador portátil abierto y salió de allí. En la sala de música vio las puertas del balcón entreabiertas y supuso que debía de haber salido al jardín. Abrió la puerta del todo con las yemas de los dedos y salió a la noche.

Todo estaba completamente a oscuras excepto por la luz de la luna. Noelle tardó unos instantes en poner un pie delante de otro. La pequeña zona de descanso donde habían hablado unas horas antes estaba vacía, pero vio un estrecho sendero de piedra que se abría camino entre las flores y los arbustos y lo tomó. Sentía como si el corazón la guiara con su firme latido.

El sendero llevaba a un jardincito cercado en el que había un banco de hierro. Sería un espacio muy bonito a la luz del día, pensó Noelle. Contuvo el aliento y se le aceleró todavía más el corazón al ver a Ammar sentado en el banco con los hombros caídos y la cabeza entre las manos. Oyó a lo lejos el sonido de un motor cobrando vida, el rotar de las hélices. Así que de verdad esperaba que se fuera. Y debería irse si quería estar a salvo. Tenía que ser fuerte. Eso estaba muy claro, y sin embargo...

Avanzó un paso hacia él. Ammar alzó la vista, en la oscuridad no pudo discernir su expresión, pero sintió su desesperación como si fuera algo palpable; era la misma que sentía ella.

–No quiero irme –dijo con voz ronca. Se aclaró la garganta e hizo un esfuerzo por parecer más fuerte. Por sentirse más fuerte–. Quiero quedarme.

Capítulo 5

AMMAR no respondió. Durante un instante que le pareció eterno se hizo el silencio entre ellos y Noelle se preparó para otro horrible rechazo. ¿En qué estaba pensando para arriesgarse otra vez a experimentar aquel dolor?

Entonces él se levantó del banco con un movimiento fluido y se acercó a ella. Noelle no tuvo tiempo de responder ni de pensar mientras él la tomaba entre sus brazos y la besaba con una pasión que la atravesó hasta lo más hondo.

Sus labios atraparon los suyos con ansia, exigentes. Ella abrió la boca y se le agarró a los hombros para atraerlo hacia sí. Necesitaba aquello. Lo anhelaba, porque solo con Ammar sentía que el corazón y el cuerpo se le abrían.

Entonces Ammar se apartó solo un poco, pero bastó para que ella se sintiera vacía. Apoyó la cabeza contra la suya como había hecho la primera vez que la besó. Respiraban con dificultad. Noelle se puso tensa. Aquello parecía una disculpa, un rechazo. Se apartó de él tratando de no temblar.

–No quiero decir que... no estoy diciendo que... tú me secuestraste –dijo.

Sus palabras eran una advertencia y al mismo tiempo una acusación. Un modo de protegerse.

Ammar no se movió, y sin embargo, ella sintió como si algo se hubiera apagado dentro de él.

–Entiendo –dijo él con voz pausada.

Noelle se mordió el labio inferior, se obligó a sí misma a no decir nada más. A no disculparse. El silencio se alargó.

Noelle pensó que no habría podido sofocarle la pasión con más efectividad si le hubiera echado agua helada por encima. Puede que Ammar hubiera dejado de besarla, pero ella había estropeado el momento. Daba lo mismo. No estaba dispuesta a arriesgarse a tanto con Ammar. No estaba dispuesta a arriesgarse a otro rechazo. Incluso ahora recordaba cómo la había apartado de sí cuando trató de seducirle aquella horrible noche en el hotel. Entonces le había preguntado con voz rota:

–¿No me deseas?

Nunca olvidaría su respuesta.

–No, no te deseo. Déjame, Noelle. Sal de aquí.

Y eso hizo. Se marchó temblando de dolor, un dolor tan grande que sintió que su cuerpo no podía soportarlo. Ammar no la amaba. No la deseaba como un hombre debía desear a su mujer.

Y ahora con aquel recuerdo llegó la duda traicionera y terrible que se coló en su corazón como un veneno mortal. ¿Por qué le había dicho que iba a quedarse, que quería quedarse? Dejó escapar un tembloroso suspiro y se apartó.

–Creo que debería...

–No –Ammar la atajó con tono suave pero firme–. No te vayas, por favor.

Absurdamente, fue el «por favor» lo que le llegó al alma. Ammar estaba intentando cambiar. Ella volvió a suspirar.

–No me marcharé esta noche –dijo. Quedaba claro que tal vez lo hiciera al día siguiente. Sabía que él no la detendría–. Pero si quieres que haya alguna posibilidad de que funcione algo entre nosotros, entonces tendrás que hacer un esfuerzo.

–Lo sé –dijo Ammar con tono grave–. Lo sé.

Se hizo de nuevo el silencio entre ellos. Noelle no sabía qué decir. Se sentía demasiado vulnerable. Había empezado a arrepentirse de su decisión de quedarse a pasar la noche. Pero cuando Ammar se giró para mirarla vio el deseo en sus ojos y experimentó una mezcla de esperanza y arrepentimiento.

Sin decir una palabra más, se dio la vuelta y salió del jardín.

Estaba agotada, pero no podía dormir. Experimentó una inquietante sensación de esperanza y angustia mezcladas. Se preguntó qué diablos estaba haciendo allí con un hombre que le había roto el corazón y además había violado la ley. Debería marcharse, salir de allí mientras todavía pudiera.

Y mientras el «yo» duro y fuerte que había cultivado durante los diez últimos años insistía en que le dijera a Ammar que la dejara libre por la mañana, la voz interior de su corazón le susurró que en realidad nunca había querido ser aquella persona.

Aquella voz callada se hizo más insistente, diciéndole que él era el único hombre que había llegado hasta ella, que le había tocado el alma y el corazón. Pero ¿la amaba? Nunca se lo había dicho. Diez años atrás dio por hecho que sí porque pensó ingenuamente que no podría mirarla así ni acariciarla así si no la amara. Pero ahora era distinto, ya no creía en aquellas fantasías románticas. No creía en los finales felices, había renunciado a los sueños que una vez acarició, la casita, el marido, una familia. Ya no quería esas cosas. Entonces, ¿por qué estaba allí? ¿Por qué se había quedado y se había dicho a sí misma y a él que lo intentaría?

Porque en el fondo quería creer y lo sabía. Incluso ahora, cuando todo parecía estar en contra, cuando su historia pasada y el dolor eran la prueba de que la fe en el amor y los finales felices eran mentira, ella quería creer. Qué estúpida era, pensó con amargura.

Debió de quedarse dormida, porque se despertó repentinamente parpadeando en la oscuridad. El reloj marcaba las dos de la madrugada. Oyó a lo lejos el sonido de un piano. Tras un instante reconoció que se trataba de la *Patética* de Beethoven. Se levantó en silencio de la cama y, vestida únicamente con un camisón de seda que le llegaba hasta las rodillas, se dirigió escaleras abajo.

Toda la casa estaba en silencio, solo se escuchaba el piano. Noelle se detuvo en el umbral de la sala de música. La puerta estaba entreabierta, el melancólico sonido de la música la atravesó. No era una experta, pero podía reconocer cuando alguien tocaba con talento y con pasión, y Ammar tenía ambas cosas.

Entró en silencio en la sala. Ammar estaba tan absorto tocando que no se fijó en ella y Noelle le observó durante un instante. Llevaba puestos unos pantalones anchos de cordón, tenía el pecho desnudo con sus gloriosos músculos, aunque también tenía algunos moratones desvaídos en la espalda por el accidente. Movía los largos y elegantes dedos sobre las teclas recreando un sonido tan melancólico que Noelle tuvo que reprimir el deseo de cruzar la sala y abrazarle.

Tal vez emitiera algún sonido, porque Ammar la miró de pronto y detuvo las manos sobre las teclas, sumiendo la habitación en el silencio.

–Tocas muy bien –dijo Noelle tras unos instantes–. ¿Por qué nunca me dijiste que sabías tocar el piano?

Ammar tocó unas cuantas notas disonantes.

–No se lo he dicho a nadie –reconoció–. Siempre ha sido algo muy privado.

Noelle entró en la sala. La única luz que había procedía de la lámpara situada encima del piano, que proyectaba su brillo amarillo sobre la inclinada cabeza de Ammar.

–Pero sin duda has recibido clases.

Ammar negó con la cabeza.

–¿Quieres decir que has aprendido tú solo?

–En el internado. Solía colarme en la sala de música después de clase –sus labios se curvaron en un amago de sonrisa–. Rompiendo la ley.

–Sin duda estaba justificado –respondió ella con el tono más alegre que pudo–. Mira cómo tocas ahora.

Ammar tocó una escala menor. Las tristes notas resonaron en la quietud de la sala.

–¿Existe justificación?

Noelle sabía que estaba hablando de algo más que de entrar en una sala de música. «Ya he hecho muchas cosas por las que podrían arrestarme». No estaba preparada para pensar en ello, ni mucho menos para escucharle hablar del asunto. Guardó silencio en medio de la sala, su vacilación era obvia. Ammar alzó la vista hacia ella con los ojos entornados, observándola fijamente.

Ella tragó saliva y dio un paso adelante.

–¿Por qué tenías que colarte en la sala de música? –preguntó–. ¿No podrías haber dado clases?

–Mi padre me lo tenía prohibido.

–¿Por qué?

Ammar se encogió de hombros.

–Supongo que para él la música era algo inútil –aspiró con fuerza el aire y lo fue soltando lentamente–. Mi padre tenía las ideas muy claras sobre lo que debía ser un hombre. Lo que debía hacer e incluso cómo debía pensar.

–Tu padre tiene mucho por lo que responder –afirmó ella dando un paso en su dirección.

–Ni te lo imaginas.

La voz de Ammar sonó tan grave y seria que Noelle se estremeció. Durante unos instantes ninguno de los dos dijo nada.

–¿Y cómo decidiste que querías tocar el piano si nunca lo habías tocado? –preguntó ella finalmente.

–Mi madre tocaba de modo profesional. Podría haber sido una pianista brillante, pero renunció a todo al casarse con mi padre.

–Supongo que pensó que valía la pena –murmuró Noelle con incertidumbre.

Ammar sacudió ligeramente la cabeza.

–No tuvo opción. Mi padre insistió en que su mujer no podía trabajar.

–¿Y tu madre lo aceptó?

–Estaba enamorada de él, o al menos eso creía –tocó otra escala menor–. Tal vez no le conociera realmente.

Noelle sintió un escalofrío de inquietud. ¿Estaba hablando de sus padres o de ellos? Y seguro que él era diferente a Balkri Tannous. Se acercó y se sentó a su lado en la banqueta del piano. Sorprendido, Ammar se apartó un poco para dejarle espacio, pero sus muslos seguían rozándose. Noelle se estremeció por el contacto.

–¿Has tocado alguna vez el piano? –le preguntó él.

–Tomé clases durante unos meses cuando tenía ocho años porque mis padres me obligaron –Noelle se encogió de hombros como si se estuviera disculpando–. No me gustaba, así que no practicaba y a la larga permitieron que lo dejara –era dolorosamente consciente de las diferencias que había entre sus situaciones. Ammar había tenido que colarse en una sala de música para aprender a tocar un instrumento que amaba mientras que a ella se lo habían ofrecido libremente y lo había rechazado.

–Podrías aprender ahora –dijo Ammar.

Para su sorpresa, le tomó las manos y se las puso sobre las teclas del piano cubriéndolas con las suyas. Noelle se quedó mirando sus manos entrelazadas, la piel de Ammar era oscura y callosa, la suya suave y pálida. Pensó que eran muy diferentes en muchos sentidos.

Ammar le colocó cuidadosamente las manos sobre ciertas teclas.

–Do, do, la, la, sol –recitó en voz baja pulsando con cada uno de sus dedos.

Hipnotizada por el contacto de sus manos sobre las suyas, Noelle no reconoció la melodía al principio. Sentía como si un puño le hubiera atravesado el pecho y le estuviera estrujando el corazón.

–Fa, fa, mi, mi –continuó Ammar.

Ella se giró finalmente hacia él con una pequeña sonrisa.

–Estrellita, estrellita.

–La conoces –Ammar también sonrió, fue solo una ligera curvatura de los labios.

A Noelle se le encogió todavía más el corazón. Parecía tan guapo y tan triste, y ella sentía tantas cosas en aquel momento que no podía hablar. Ammar alzó la mano y le acarició suavemente la mejilla con las yemas de los dedos. Ella cerró los ojos.

–Eres preciosa –murmuró en voz baja–. Preciosa. Siempre lo he pensado.

Noelle dejó escapar un suspiro estremecido.

–Creo que siempre he sabido que lo pensabas.

–¿De verdad? –Ammar sonó más triste que sorprendido.

–Sí –reconoció ella con sinceridad. Todavía no entendía por qué Ammar la había rechazado durante su breve matrimonio, pero sabía que sentía algo por ella, tanto entonces como ahora. Le puso la mano sobre la suya y se la llevó a la mejilla–. Ammar, ¿vas a contarme por qué te apartaste de mí? Sigo sin entenderlo. Sigo pensando que me ocultas algo.

Ammar apartó la vista y dejó caer la mano de la mejilla. Sentada a su lado, Noelle podía sentir la tensión atravesándole el cuerpo.

–Quiero que sepas –dijo él en voz baja–, que siempre te he deseado. Sigo deseándote –se detuvo un instante–. Desesperadamente.

Desesperadamente. Tal vez aquello la hubiera halagado en el pasado, pero ahora se sentía confusa.

–Entonces, ¿por qué nunca...?

Ammar se levantó bruscamente de la banqueta del piano y cruzó la sala dándole la espalda.

Lejos de la lámpara que proporcionaba la única luz de la sala, estaba envuelto en sombras.

–¿No te basta con eso? –preguntó con tono amargo–. ¿No es suficiente?

Parecía tan cansado y atormentado que Noelle estuvo a punto de decir que sí. Pero ¿qué clase de futuro podrían tener con tantos secretos entre ellos?

–No –dijo con voz pausada–. No me basta.

Ammar dejó escapar un suspiro.

–Lo que te dije es verdad. No fui a ti en nuestra noche de bodas porque sabía que tenía que dejarte ir. Pero tienes razón. Hay algo más que eso.

Noelle contuvo el aliento. Esperando, siempre esperando.

–Ammar...

–No fue culpa tuya –dijo en voz baja–. No quiero que pienses nunca que te rechacé.

–Pero lo hiciste –protestó Noelle.

Él sacudió la cabeza con fuerza.

–No. Nunca. Eso nunca –se dio la vuelta con el dolor escrito en la cara.

A Noelle se le formó un nudo en la garganta. ¿Qué era eso tan terrible que le iba a contar? ¿Podría soportarlo? ¿Lo cambiaría todo?

–Es tarde –dijo él. Su expresión volvió a convertirse en neutra–. Hablaremos mañana. Quisiera... quisiera pasar más tiempo contigo antes de... –sacudió la cabeza y cerró los ojos un instante–. Por favor.

–De acuerdo –susurró ella. Sabía que resultaría inútil presionarle en ese momento.

Tenía los ojos oscurecidos, las facciones endurecidas y el cuerpo rígido. Y tal vez ella también hubiera oído ya suficiente por aquella noche.

–Vamos –dijo Ammar extendiendo la mano hacia ella.

Para su propia sorpresa, Noelle dejó que enlazara los dedos con los suyos y la sacara de la sala. A su alrededor la casa estaba a oscuras y en silencio, lo único que se oía era el sonido de sus pies descalzos sobre las baldosas. Ammar subió con ella las escaleras, siguieron por un pasillo y pasaron por delante de su dormitorio. A Noelle le dio un vuelco el corazón.

Al llegar a otra puerta cerrada, Ammar se giró hacia ella y le acarició la mejilla.

–Duerme conmigo –murmuró–. En mi cama.

Era una proposición muy sencilla, pensó Noelle, y sin embargo, sabía cuánto le había costado. Tenía los ojos oscurecidos y el cuerpo rígido por la tensión. Ella sonrió de forma débil.

–Sí –dijo.

Y le siguió al interior de su dormitorio.

Capítulo 6

AMMAR guió a Noelle hacia la oscuridad de su dormitorio, hacia la cama de matrimonio. Vaciló un instante, deseaba con toda su alma estar con ella y sin embargo... nunca había pasado una noche entera con una mujer. La idea le hacía sentirse tenso y asustado. Odiaba la dualidad de sus deseos, el impulso de abrazarla a pesar de que los recuerdos le exigían que mantuviera las distancias.

–¿Ammar? –Noelle le puso una de sus delicadas manos en el hombro.

Sintió su contacto fresco y suave. Haciendo un esfuerzo, se giró hacia ella y sonrió. O eso intentó. Al menos se le curvaron los labios. La luz de la luna volvía iridiscente su piel. El cabello castaño le caía por la espalda en ondas y tenía los ojos muy abiertos y confiados. Incluso ahora confiaba en él. Le siguió y esperó con una paciencia que resultaba insoportablemente dulce. Se sentía humillado y también asustado.

Nunca había permitido que las mujeres se acercaran demasiado. Nunca se quedaban a pasar la noche, nunca le llegaban al corazón. Solo Noelle lo había conseguido, y debido al miedo él se había marchado tantos años atrás. ¿Se quedaría ahora? ¿Podría por fin dejar atrás los fantasmas del pasado, los errores y los pecados? Noelle alzó la mano y le cubrió la mejilla con ella.

–No es necesario que me quede.

Ammar sintió un nudo tan grande en la garganta que le costaba trabajo hablar.

–Quiero que te quedes –sabía que sonaba tenso. ¿Por qué tenía que ser tan difícil?

Noelle pasó por delante de él y retiró la colcha.

–Bueno –dijo sonriendo levemente–. Aquí hace mucho frío, así que me voy a meter en la cama.

Ammar observó asombrado cómo se metía entre las sábanas y se subía la colcha hasta la barbilla.

–Hay sitio de sobra –le dijo ella con expresión casi juguetona.

A Ammar le encantaba que en un momento así fuera capaz de mostrarse seductora. Seguro que le estaba costando mucho. Ammar se metió en la cama, sintiéndose rígido e incómodo al tumbarse a su lado. Deseaba con todas sus fuerzas que aquello fuera algo normal, pero no sabía cómo actuar. Ni qué sentir. Desde luego no debía sentir aquel pánico cegador que caía sobre él como una neblina.

Dormir. Se suponía que iban a dormir. Ammar cerró los ojos. Se dio cuenta entonces de que debería tocarla, quería tocarla, así que le puso una mano en el hombro. Sintió que ella se sacudía y se puso tenso.

–¿Qué pasa?

–Ammar, actúas como si estuvieras en el dentista o algo así.

Ammar se dio cuenta de que ella se estaba riendo un poco, aunque captó una corriente de confusión y de dolor. Se quedó paralizado sin saber qué sentir. La ira le resultaba más familiar, pero se defendió de ella. No quería sentirla, no quería estropear el momento, aunque fuera un momento extraño.

Entonces Noelle se giró para mirarle y le puso las palmas de las manos cálidas y suaves en el pecho desnudo.

–Ven aquí –le susurró.

Y extrañamente, le pareció lo más sencillo y natural del mundo atraerla hacia sí.

–Ven tú –dijo Ammar.

Noelle se acurrucó entre sus brazos.

–Eso puedo hacerlo –susurró.

Y él sintió la suavidad de su pelo contra el pecho y la abrazó con más fuerza.

Podía hacerlo. Podía hacerlo de verdad. Pero entonces otro oscuro pensamiento se le formó en la mente. Recuerdos. «No confíes nunca en una mujer, Ammar. No dejes que ninguna esté cerca de ti. No muestres nunca debilidad».

Escuchó el furioso eco de la voz de su padre, la risa cruel de la mujer a la que pensó en su ingenuidad que amaba. Sintió la fuerza de la mano de su padre en la mejilla, la oleada de humillación y vergüenza que apagó el deseo.

Noelle le acarició la mejilla con los dedos con la suavidad de un suspiro, y él abrió los ojos sorprendido, arrancado de la agonía del pasado.

–No lo hagas –le dijo ella con dulzura–. Lo que sea, no lo hagas.

Ammar la miró y parpadeó en la oscuridad. Apenas podía distinguir su rostro, pero sabía que estaba muy seria.

–¿Hacer qué?

–No dejes que te controle –susurró ella–. No dejes que te gane.

Ammar la atrajo todavía más hacia sí.

–Lo intento –dijo.

Y sin embargo, incluso en aquel momento, con ella entre sus brazos, se preguntó si sería suficiente.

Debió de quedarse dormido, aunque le pareció que

tardó una eternidad. Escuchó cómo la respiración de Noelle se hacía más intensa y lenta y siguió abrazándola en una especie de exquisita tensión disfrutando de su contacto a pesar de que una parte de él deseaba escapar. Distancia. Seguridad. Y entonces, sorprendentemente, la luz del sol se deslizó por la cama y ya era de día. Se empezó a despertar poco a poco, consciente únicamente de aquel cuerpo cálido que tenía tan cerca y del aleteo de deseo que sintió en la entrepierna mientras deslizaba la mano por la suave plenitud de su seno.

El deseo se hizo más intenso y se colocó encima de ella. Sus manos buscaron sus rincones más íntimos mientras le deslizaba los labios por la piel. Escuchó un gemido y no supo si salió de ella o de él; no importaba. Le acarició la piel adormilada y ella le rodeó con sus brazos mientras Ammar le abría los muslos con la rodilla.

–Ammar...

Él se quedó paralizado, aunque Noelle repitió su nombre otra vez, recordándole quién era. No le haría el amor así, de manera desesperada y rápida aunque la deseara tanto que le temblaba todo el cuerpo. Aunque le resultara más fácil mantener la mente en blanco y perderse en ella lo más rápidamente posible.

No. Noelle se merecía más que eso. Y qué diablos, él también. Se apartó despacio de ella y se pasó un brazo por encima de la cabeza. El cuerpo le temblaba por la sensación de pérdida, el deseo seguía pulsando en su interior.

–Ammar –susurró ella.

Y él escuchó el dolor y el rechazo en su voz.

Sabía que debería explicarse. Disculparse. Decir algo. Pero se quedó allí tumbado en silencio y con la mente en blanco. Tuvo que hacer un gran esfuerzo por bloquear los recuerdos.

«¿De verdad creías que te quería, estúpido niñato?».

–Ammar, dime en qué estás pensando.

Ammar dejó caer el brazo y se forzó a mirarse en sus ojos. Reflejaban incertidumbre y dolor.

–No estoy pensando en nada –dijo. Y escuchó lo distante que sonaba. Lo frío. ¿Por qué no podía estrecharla entre sus brazos, explicarle que quería hacerle el amor pero que quería hacerlo como se debía, sin miedo a que los recuerdos se apoderaran de él? Quería tranquilizarla, pero tenía miedo de que le rechazara. Las palabras se le quedaron alojadas en el pecho como piedras y guardó silencio.

–Voy a darme una ducha –Noelle se levantó de la cama y cruzó el dormitorio.

Desapareció antes de que él pudiera responder.

Noelle avanzó a toda prisa por el pasillo que llevaba a su habitación con la cabeza baja y la visión prácticamente nublada por las lágrimas.

Era una estúpida por volver a llorar. Pero por mucho que Ammar le dijera que la deseaba o que era muy hermosa, se había sentido completamente rechazada y fea cuando se apartó de ella, cuando se negó a hacerle el amor como su cuerpo y su corazón exigían.

¿Por qué? ¿Por qué había vuelto a darle la espalda? ¿Cómo iba a pensar que la deseaba cuando todo indicaba lo contrario? Abrió la ducha, se quitó el camisón y se colocó bajo el chorro.

Le había gustado tanto dormir en brazos de Ammar la noche anterior... aunque él había tardado mucho en relajarse y más todavía en dormirse, Noelle había disfrutado del calor y de su fuerza, pero quería más. Siempre deseaba más, pensó ahora con desesperación.

Y sin embargo, aquella mañana, cuando se despertó del sueño con sus placenteras caricias, le resultó maravilloso. Fue algo dulce y al mismo tiempo poderoso, lo que provocó que el choque con la realidad y el nuevo rechazo fueran todavía más duros de soportar.

La duda se abrió camino en su corazón. ¿Cómo iba a sentir Ammar algo por ella si no podía soportar que lo tocara? ¿Cómo podía querer un matrimonio cuando la intimidad de cualquier tipo le resultaba tan dolorosa?

¿Cómo podía funcionar aquello?

Noelle cerró la ducha con resolución y salió al fresco aire de la mañana. Tenían que vivir al día, al minuto si fuera necesario. Era lo único que podían hacer. Y sin embargo, la duda seguía susurrando su traicionero mensaje: ¿Y si no funcionaba? ¿Y si volvía a romperle el corazón?

Ammar se giró y vio a Noelle bajando las escaleras. Tenía el pelo húmedo y recogido en una cola de caballo suelta. Estaba muy guapa y muy fresca, pero tenía ojeras. Siempre las ojeras.

Tendría que trabajar duro para borrarlas.

–Le he dicho a la doncella que nos prepare un picnic –le dijo tratando de sonreír–. Y me he tomado la libertad de guardarte un poco de ropa. No creo que la que tienes en el armario sirva para viajar por el desierto.

Noelle sonrió también, aunque a Ammar le pareció que le costaba un esfuerzo hacerlo.

–Tú lo sabrás mejor que yo –dijo.

Ammar y ella salieron de la casa para subirse en el todoterreno que les esperaba en la entrada. Noelle miró a su alrededor hacia la inmensidad del desierto.

–¿Y quién te vendió esta propiedad? –preguntó.

Ammar se rio.

–El agente me dijo que desde la planta de arriba se veía el mar.

Ahora le tocó a Noelle el turno de reírse.

–Supongo que te llevarías una decepción.

–Hay un pequeño oasis a unos cuarenta kilómetros de aquí –le dijo mientras arrancaba el todoterreno y salía de la villa.

No había carretera, sino antiguos senderos beduinos en la arena. Iba a ser un trayecto con muchos baches.

–Ahora en serio, ¿por qué el desierto? –quiso saber ella–. ¿Por qué no una isla privada en el Mediterráneo como tu padre?

Ammar agarró con más fuerza el volante.

–He sido como mi padre en demasiadas cosas –dijo con tono frío.

Sintió que Noelle se ponía tensa. No quería oír hablar de ello. Y Dios sabía que tampoco él quería hablar sobre el tema. Y sin embargo, permanecía entre ellos como algo pesado y palpable. En algún momento habría que hablar. Confesar secretos, admitir la vergüenza.

–En cualquier caso –añadió con ligereza–, nunca me gustó la isla de Alhaja. Escogí vivir en el desierto precisamente porque es justo lo contrario. Espacio, libertad.

–Un mar de arena –comentó ella–. Aquí puedes sentirte atrapado.

Ammar la miró de reojo y vio que estaba mirando las interminables y onduladas olas marrones.

–¿Tú te sientes atrapada? –le preguntó en voz baja.

¿Qué podía responder a aquello? Sí, se sentía atrapada, pero no por el desierto que les rodeaba. Se sentía atrapada por los recuerdos, prisionera de la ignorancia. Sentía como si tanto Ammar como ella estuvieran definidos por el dolor de su pasado.

–¿Dónde vamos? –preguntó consciente de que tenía que romper el desesperado círculo de sus pensamientos–. ¿Qué hay que ver en el Sahara?

–Pensé que podríamos ir al oasis del que te he hablado. Hay unas ruinas muy interesantes, los restos de una villa comercial medieval que quedó enterrada bajo la arena hace cientos de años. Durante un tiempo hubo excavaciones arqueológicas, pero últimamente no las visita nadie.

–¿A cuánto estamos de la ciudad más cercana?

–Marrakech es la más cercana, y está a unos doscientos kilómetros.

–Parece que valoras mucho tu intimidad.

–Así es. Aunque no vengo mucho por aquí. Normalmente estoy de viaje por el trabajo.

–Y ahora estás al mando –aseguró Noelle tratando todavía de mantener el tono ligero, aunque sabía que se estaban adentrando en aguas peligrosas–. ¿Qué vas a hacer con Empresas Tannous?

–Legitimarla –afirmó Ammar con tono seguro.

–¿Qué quiere decir exactamente eso?

Ammar sacudió la cabeza. Noelle le miró y vio que entornaba los ojos.

–De acuerdo, hablemos de otra cosa –dijo entonces ella–. ¿Cuál es tu color favorito? El mío es el verde, aunque cuando era pequeña era el rosa chicle, como era de esperar. Siempre quise tener un vestido de ese color –sonrió–. ¿Cuál es el tuyo?

Ammar inclinó la cabeza. Estaba claro que se había tomado en serio la pregunta.

–No tengo ningún color favorito –dijo finalmente.

–No puede ser. Todo el mundo tiene un color favorito.

–Yo no.

Noelle soltó una carcajada de exasperación.

–Tienes el comedor pintado de rojo. No habrías escogido ese color si no te gustara.

–No lo escogí yo. Alguien lo decoró por mí.

Por supuesto. No se imaginaba a Ammar viendo muestras de pintura. Y sin embargo, le había escogido a ella la ropa.

–Me dijiste que te gustaban los colores alegres.

–En ti.

–Entonces tal vez un color alegre sea tu favorito –sugirió Noelle–. ¿El naranja? ¿El celeste? ¿O tal vez el rosa, como yo?

Ammar apretó los labios.

–Ninguno de esos.

Ella se recostó y se cruzó de brazos.

–De acuerdo. Yo escogeré un color para ti.

Ammar arqueó las cejas y una tenue sonrisa se le asomó a los labios. Le encantaba verle sonreír, para ella era como un triunfo, una bendición.

–¿Y qué color me vas a escoger?

Noelle se lo pensó unos instantes.

–El amarillo –dijo finalmente. Era el color del sol y de la mañana. El color de la ilusión. Y ella necesitaba sentirse ilusionada.

–Amarillo –repitió Ammar asintiendo–. Hay mucho amarillo en el desierto, así que tal vez sí sea mi color favorito.

–Tal vez por eso elegiste vivir aquí –sugirió Noelle con tono algo jocoso–. Aunque no tenga vistas al mar.

Entonces Ammar sacudió la cabeza y frunció levemente las cejas.

–Pero el agente inmobiliario me prometió esas vistas.

Ella dejó escapar una carcajada.

–Has estado a punto de engañarme durante un segundo.

–Ya sé que no hago muchas bromas.

–Me gusta –dijo Noelle–. Me gusta cuando sonríes, y sobre todo cuando te ríes.

Ammar la miró, la sonrisa le suavizaba las facciones.

–Siempre me has hecho reír, incluso cuando no tenía motivos para hacerlo.

A Noelle le dio un vuelco el corazón. Le tomó la mano en silencio y Ammar entrelazó los dedos con los suyos. Ninguno de los dos dijo nada, pero no hacía falta. El silencio era como un hilo dorado que les unía.

Ella acabó por apoyar la cabeza contra el respaldo y cerró los ojos. Allí sentada con el sol en la cara y la brisa se sentía en paz. La semilla largamente dormida de la esperanza y la felicidad empezó a florecer en su interior.

–Ya hemos llegado.

Debió de quedarse dormida, porque Ammar le dio un suave codazo y se dio cuenta de que estaba apoyada contra su hombro. Sintió su calor, aspiró el aroma especiado de su loción para después del afeitado y se sentó.

–Lo siento. Creo que me ha adormecido el traqueteo del todoterreno.

Ammar sonrió. Tres sonrisas aquel día, pensó Noelle, y subiendo.

–Echemos un vistazo.

El oasis era un lugar tranquilo y precioso, un plácido remanso azul rodeado de palmeras. Noelle se inclinó y deslizó los dedos por el agua caliente.

–Aquí no hay ninguna criatura, ¿verdad? –preguntó.

–Solo alguna serpiente que otra, pero suelen ser tímidas.

Noelle apartó la mano rápidamente antes de darse cuenta de que estaba tomándole el pelo.

–Estás bromeando otra vez –dijo ella.

Ammar alzó las cejas.

–Debe de ser un buen día.

–Un día muy bueno –reconoció Noelle sonriendo.

–Ven –dijo entonces él–. Te enseñaré las ruinas.

Noelle dejó que la tomara de la mano y la llevara hacia las ruinas, que estaban un poco alejadas del agua. Al principio los restos de la ciudad medieval parecían rocas esparcidas por la arena, pero cuando Ammar la guió a través de ellas y le señaló los cimientos de una casa y la línea de un camino, captó el orden de una civilización perdida durante siglos.

–¿Qué ocurrió? –preguntó girándose en círculo frente a lo que Ammar le había dicho que había sido una tienda.

Él apoyó la cadera contra un trozo de muro derruido y entornó los ojos para protegerse del sol.

–Nadie lo sabe con seguridad, pero los arqueólogos creen que una tormenta de arena cubrió por completo la ciudad hace unos seiscientos años y lo destruyó todo en un solo día.

–Vaya –Noelle tragó saliva y observó los restos de aquel día.

Ella sabía lo que se sentía, pero no lo dijo, no quería siquiera pensar en ello. Por una vez no quería que el dolor del pasado interfiriera en el presente. El sol brillaba, Ammar sonreía y el día se presentaba ante ellos prometedor, tal vez incluso perfecto.

–Enséñame el resto –dijo.

Ammar volvió a tomarla de la mano. Recorrieron el resto de las ruinas tomados de la mano, deteniéndose para examinar con más atención algún detalle. Le resultaba sorprendentemente natural y relajado tener el corazón tan contento. Quería que aquel día durara eternamente.

Finalmente, Ammar caminó con ella de regreso al oasis, hacia un rincón donde las palmeras les protegían del implacable sol. Observó cómo Ammar extendía una manta. El deseo la atravesó una vez más al observar sus poderosos y bronceados brazos, la camiseta que le marcaba los abdominales.

Noelle contuvo el aliento cuando la miró, sus ojos de color ámbar parecían atravesarla. Seguro que era consciente del modo en que la afectaba, pensó. Ojalá ella le afectara a él del mismo modo.

–Ven –le ordenó Ammar con brusquedad.

Noelle obedeció con un estremecimiento de nerviosismo y esperanza. Él la tomó de la mano y tiró de ella suavemente hacia la manta. Sus cuerpos estaban muy cerca.

–¿Comemos? –preguntó con voz ronca.

–De acuerdo –respondió ella en un susurro.

Tuvo que hacer un esfuerzo para comer a pesar de que cada bocado que le ofrecía era una delicia. Le tembló la mano cuando finalmente aceptó el higo que le ofrecía, suave y maduro. Quería gritarle que la tocara, que le demostrara que la amaba. Mordió el higo y se llenó la boca con su dulzura. Era consciente de que Ammar la estaba mirando con intensidad.

Sentía todo el cuerpo caliente, líquido, como si se empezara a derretir. Sintió cómo le caía un poco de jugo por la barbilla y Ammar se lo quitó con el pulgar. Noelle abrió los labios, cerró los ojos y su cuerpo mostró instintivamente señales de cuánto le deseaba.

Con un gemido de rendición, Ammar le tomó la cara con ambas manos y la atrajo hacia sí. Sentir sus labios sobre los suyos era como beber agua en el desierto, un oasis de vida en sí mismo. Le necesitaba.

Le puso las manos en los hombros y lo atrajo hacia sí, apretándose contra él mientras echaba la cabeza hacia atrás en un gesto de rendición. No habló, no quería estropear el momento, el hechizo de deseo que de pronto se había proyectado sobre los dos, porque Ammar la estaba besando apasionadamente, deslizándole la lengua en la suavidad de la boca y cubriéndole los senos con las manos.

Ammar se tumbó a su lado y le deslizó la mano bajo la camisa con seguridad. A Noelle le gustó tanto que no pudo evitar apretar la mano de Ammar contra su vientre por temor a que parara.

Él le levantó la camisa e inclinó la cabeza sobre sus senos, apartándole el encaje del sujetador. Noelle escuchó cómo de su propia boca salía un gemido de intenso placer que nunca se había escuchado antes a sí misma.

–Oh, Ammar –susurró–. Te deseo mucho.

Sintió que él paraba y se ponía tenso. «No, por favor», pensó. «Que no vuelva a apartarse de mí».

El momento pareció suspenderse eternamente. Los labios de Ammar todavía le rozaban el seno, tenía las manos sobre su piel. Ninguno de los dos se movió ni habló. Noelle ni siquiera respiraba.

Entonces, lentamente, como si hubiera tomado una decisión, Ammar alzó la cabeza y la besó apasionadamente en la boca como una promesa. El alivio y el deseo se apoderaron de ella y experimentó una intensa oleada de emoción. Extendió instintivamente la mano y le acarició el pecho y el torso, atrayéndole hacia sí. Pero de pronto Ammar se puso tenso, se apartó y Noelle dejó escapar un gemido de frustración y de dolor.

–¿Por qué haces esto? –se incorporó y le miró fijamente.

Todavía estaba tumbado, con el cuerpo rígido y con el brazo cubriéndole la cara, como la otra vez.

–Sé que me deseas. Al menos físicamente...

–No eres tú –afirmó Ammar con la cara todavía cubierta–. No ha sido nunca por ti.

–¿De verdad? Porque lo parece. Es a mí a la que rechazas –Noelle se incorporó y se bajó la camisa.

Ammar no dijo nada. Estaba mirando hacia el cielo como si no pasara nada. La furia se apoderó de ella.

–No me hagas esto. No me ignores. Odio que hagas eso –le temblaba la voz y en un arrebato de furia le pegó con fuerza en el hombro.

Ammar le agarró la mano con un rápido movimiento y se la sostuvo con firmeza.

–No me pegues –le ordenó con tono helado y cortante–. No se te ocurra pegarme nunca.

Noelle se le quedó mirando con la mano todavía en la suya. Tenía una expresión distante y remota, y soltando un sollozo apartó la mano y se levantó de la manta. Ammar seguía sin decir nada, sin reaccionar. Noelle se dio la vuelta y se apartó a toda prisa de él cruzando la hierba.

Capítulo 7

MALDICIÓN. Lo había hecho todo mal. Había actuado por instinto, y eso era lo peor que podía haber hecho. Ammar sabía que con Noelle tenía que actuar contra su instinto. Y en momentos como el que acababan de compartir eso le parecía casi imposible.

Escuchó el sonido de la hierba y supo que estaba rodeando el oasis. Confió en que tuviera el sentido común de no salir al desierto. Debería seguirla, decirle algo. Pero ¿qué? No tenía palabras. No tenía nada dentro. Y sin embargo, sabía que no podía quedarse para siempre encerrado en sí mismo, aunque una parte de él lo deseara.

Pensó que sería más fácil dejarla ir sin más. Liberarla, como había hecho en el pasado. Si fuera más fuerte eso sería lo que haría. Pero no lo era, y la necesitaba demasiado aunque ella no lo supiera.

Y en cuanto a lo que Noelle sentía... el hecho de que se hubiera quedado significaba algo. Tal vez no le amara ni confiara todavía en él, pero entre ellos había algo poderoso. Se sacaban el uno al otro lo mejor de cada uno aunque ahora estuvieran viendo lo peor. «Cuando estaba contigo, era el hombre que quería ser». Se lo había dicho de corazón. Aquellos meses en Londres fueron los más felices de su vida. Entonces tenía veintisiete años y la mayor parte de su vida había sido un desierto sin amor, como vivir en la luna. Frío y sin vida. Hasta que llegó Noelle. Hasta que ella le despertó y le dejó entrever el tipo de vida que nunca había soñado con tener. Y vivió aquel sueño durante dos meses sin pensar en el futuro ni en la realidad hasta el día de su boda, cuando su padre le despertó con la fría y dura realidad.

«Solo es una mujer, Ammar. Tendrás que demostrarle a tu esposa cuál es su sitio. Y si tú no lo haces, lo haré yo».

En aquel momento se sintió furioso, impotente y completamente atrapado. Lo único que se le ocurrió que podía hacer era alejarse de ella.

Y también para él era más fácil seguir guardando sus secretos. Así Noelle nunca sabría la verdad sobre quién era. Sobre lo que había hecho, lo que era capaz de hacer.

Ammar cerró los ojos ante la punzada de remordimientos que le atravesó. El pasado le atormentaba aunque quisiera olvidarlo, forjar un futuro en el que era alguien diferente. En el que estaba con Noelle.

Se levantó despacio de la manta. Recorrió el oasis mientras el sol golpeaba la tranquila superficie del agua, que brillaba como una bandeja de plata. Era media tarde y no soplaba ni una ligera brisa, no se movía nada. Cuando llevaba la mitad del trayecto recorrido, la vio sentada en una roca plana que señalaba hacia el agua. Se sujetaba las rodillas con los brazos y tenía la barbilla apoyada sobre ellas. El cabello le caía por los hombros y le ocultaba el rostro. Estaba tan guapa como siempre, pero parecía muy triste.

Ammar se detuvo a unos metros de ella, pero Noelle no se movió, ni siquiera le miró. Él no supo qué decir. La vida no le había preparado para un momento así.

–Lo siento –dijo finalmente. Le parecía un buen comienzo.

Ella le miró con recelo.

–¿Qué es lo que sientes?

¿Era una pregunta con trampa? Ammar vaciló. Sentía muchas cosas. Sentía haberse alejado de ella tantos años atrás sin darle una explicación. Sentía haberse sentido atrapado e indefenso. Sentía profundamente que su pasado siguiera atormentándoles a ambos. Tenía miedo de no liberarse nunca de ello.

–Siento haberte hecho daño –dijo.

El rostro de Noelle se endureció y también su voz.

–¿En qué me has hecho daño, Ammar?

Él volvió a sentir aquella familiar punzada de ira. ¿Qué era aquello, una prueba? Sin duda había una respuesta correcta y él no sabía cuál era.

–¿Por qué no me lo dices tú? –le preguntó en voz baja.

Noelle alzó las cejas.

–¿Me devuelves la pregunta? Eso sí es jugar limpio.

Ammar sintió que le rechinaban los dientes e hizo un esfuerzo por relajar la mandíbula.

–No quiero discutir.

Ella dejó escapar un suspiro tembloroso y sacudió la cabeza. El pelo le cayó una vez más sobre los hombros. La luz del sol despertaba reflejos dorados y ámbar en su melena castaña.

–Yo tampoco quiero discutir –aseguró con voz pausada–. Pero no puedo... –se mordió el labio inferior sin terminar la frase.

Ammar sintió que todo su ser se congelaba.

–¿No puedes qué?

Ella se limitó a sacudir la cabeza y apartó la vista. Ammar pensó que la estaba perdiendo. Aunque no estaba seguro de que hubiera sido suya alguna vez. Sentía que le faltaba el aire, como si se estuviera ahogando en su propio silencio. No sabía qué decir, no sabía qué palabras necesitaba oír Noelle.

La verdad.

La respuesta era muy sencilla, obvia y al mismo tiempo terrible. No quería contarle la verdad. No podía soportar la idea de mostrarse vulnerable y expuesto a sus ojos, que le mirara con odio, con compasión o incluso con asco.

Noelle dejó escapar un suspiro que parecía un lamento y se levantó de la roca.

–Volvamos –dijo sin mirarle.

Ammar apretó los puños.

–Espera.

Ella se detuvo, giró la cabeza para mirarle con los ojos muy abiertos y oscurecidos. Esperó, tal y como le había pedido. Ammar aspiró con fuerza el aire. Cerró los ojos y trató de reunir toda la fuerza que pudo.

–No puedo –dijo.

Noelle se le quedó mirando fijamente.

–¿No puedes qué?

Sentía como si tuviera el alma desnuda, la piel arrancada a tiras. Odiaba aquello.

–Te deseo físicamente, eso lo sabes. Pero cuando estamos... algo sucede –se detuvo. Le empezó a latir la vena de la sien. La furia quería hacerse un hueco para protegerle.

No. La furia solo servía para maquillar el miedo. Tenía que seguir adelante.

Ella abrió los ojos todavía más y entreabrió los labios antes de humedecérselos con la punta de la lengua.

–¿Qué estás diciendo?

¿Por dónde empezar? Ammar se quedó mirando la suavidad de su pelo y sus labios carnosos, su perfecta inocencia, y no supo qué decir. Cómo empezar.

–Mi vida ha sido muy diferente a la tuya –afirmó.

Noelle le miró a los ojos, claramente sobresaltada.

–Cuéntame –le pidió en voz baja.

Ya no cabían excusas, aunque aquello fuera una tortura. Hacía renacer todos los recuerdos y el miedo, volvía a sentir la humillación y la ira impotente que había sentido cuando era niño. No quería volver a sentirse así con Noelle.

–Ammar –dijo ella.

Y su nombre sonó extraño, como una afirmación, como un grito de ánimo. Podía hacerlo. Con ella podía hacerlo.

–Te he hablado de mi padre, de las ideas tan claras que tenía sobre cómo debía ser un hombre.

Ella asintió muy alerta.

–Para él todo era una lección, una forma de aprender –vio que Noelle fruncía ligeramente el ceño y se dio cuenta de que no le estaba entendiendo del todo. ¿Cómo iba a entenderle? Sabía que podía darle detalles, ejemplos espantosos, pero no quería contarle cómo su padre había acabado con cualquier atisbo de amor en el que Ammar creía, cómo había acabado con él.

No quería despertar compasión en ella. No podría soportarlo. No, iría directamente al grano.

Le hablaría de Leila.

–En casa de mi padre, en Alhaja, había una doncella –comenzó a decir–. Era muy guapa, pero sobre todo parecía cariñosa. Cuando... –Ammar tragó saliva–. Cuando las cosas se ponían particularmente difíciles para mí siempre tenía una palabra de apoyo. Me escuchaba, aunque yo no hablaba mucho. Supongo que al principio la veía como a una amiga, pero luego fue a más.

Recordó el modo en que había hablado con ella, con torpeza, desnudando el corazón.

–Supongo que empecé a pensar que estaba enamorado de ella –confesó finalmente en voz tan baja que no supo si Noelle le había oído.

Ella no dijo nada. Estaba muy pálida y tenía los ojos abiertos de par en par y los labios apretados.

–¿Qué pasó? –preguntó finalmente.

Ammar se dio cuenta entonces de que había dejado de hablar.

–Me sedujo. Yo tenía catorce años, nunca antes había tocado a ninguna mujer así. Y mi padre... mi padre le había pagado por todo. Por las sonrisas, la amabilidad y por supuesto, la seducción. Y entonces... –se detuvo, odiando tener que contar la parte tan sórdida de aquella historia–. Entonces, cuando íbamos a... me rechazó. Me dijo que solo había fingido estar interesada en mí porque mi padre le había pagado para que me diera una lección.

Noelle se echó un poco hacia atrás.

–¿Una lección?

–Todo era una lección para él –afirmó Ammar–. Una manera de conseguir un fin, un modo de moldearme con la forma que a él le parecía correcta.

–¿Y qué lección tenía que darte la doncella? –preguntó Noelle con voz temblorosa.

–Que no confiara nunca en las mujeres ni me acercara demasiado a ninguna. No mostrar nunca debilidad –recitó las frase con un tono monótono, casi podía escuchar la voz ronca de su padre repitiendo aquellas palabras.

–Eso es terrible –dijo Noelle en voz baja.

Ammar no dijo nada. Estaba de acuerdo con ella, pero ¿qué cambiaba eso?

–Así que se trata de eso –continuó Noelle–. No confías en mí.

–No he confiado nunca en nadie –aseguró Ammar–. No he permitido que nadie se me acercara nunca, excepto tú –y cada vez que había tratado de estar cerca de ella físicamente como tanto deseaba, la mente se le paralizaba y los recuerdos se apoderaban de ella. Así que se quedaba en blanco como hacía de niño. Así había sobrevivido.

Noelle guardó silencio durante un largo instante con la cabeza inclinada y el pelo tapándole la cara. Ammar lamentó no poder verle la expresión ni la mirada.

–¿Te recuerdo a esa doncella? –le preguntó finalmente.

Ammar captó el tono dolido de sus palabras.

–¿Me parezco a ella en algo?

Ammar suspiró con impaciencia mezclada con resignación.

–No, en absoluto. Yo nunca... –vaciló y apretó instintivamente los puños.

Noelle alzó la vista expectante.

–Nunca he sentido por nadie lo que siento por ti.

–¿Ni siquiera por la doncella?

–Ni siquiera por ella.

Noelle guardó silencio durante un largo instante.

–¿Y en nuestra noche de bodas? –preguntó finalmente–. ¿Y en el hotel dos meses después? ¿Sentías lo mismo entonces?

Ammar dejó escapar un suspiro tembloroso.

–Sí.

–Oh, Ammar.

–No más preguntas –le espetó.

Ella parpadeó y bajó la vista. Maldición. No estaba manejando bien la situación, pero que Dios le ayudara, ¿cómo se suponía que tenía que manejarla? Sentía como si se hubiera despojado de toda defensa, de toda protección, y era horrible. Todas las viejas heridas estaban abiertas y sangrando. Tuvo que luchar contra el impulso de atacar o retirarse, cualquier cosa en lugar de quedarse allí y afrontarlo. Escuchar sus preguntas e incluso responderlas.

–Ya hemos hablado bastante de esto.

–¿Ah, sí?

Ammar sintió una punzada de impaciencia.

–Noelle, te he hablado más de mí y de mi pasado que a ningún otro ser vivo. Y cada palabra me ha costado sangre –hizo un esfuerzo por hablar con calma–. ¿Podríamos darle un respiro a esta conversación?

Noelle no dijo nada y él dejó escapar un largo suspiro.

–Por favor.

Ella le miró con los ojos muy abiertos.

–Sí –dijo con voz pausada–. Claro que podemos.

Ammar experimentó una sensación de alivio tan grande que le tembló todo el cuerpo. Dejó escapar un suspiro tembloroso y sonrió.

–Deberíamos volver a casa. Prefiero viajar con luz.

–De acuerdo –Noelle se bajó de la roca.

Y para asombro de Ammar, le tendió la mano. Él entrelazó los dedos con los suyos.

–Vamos –dijo Noelle guiándole hacia el todoterreno.

Noelle caminó de la mano con Ammar. La cabeza le daba vueltas con lo que acababa de decirle. Tenía que haberle costado mucho confesarle semejantes secretos. Caminaron en silencio por la hierba y ella recordó a Ammar cuando le conoció, un muchacho taciturno de ojos acuosos y sonrisa tímida. ¿Qué clase de infancia habría tenido con un padre así?

La idea de que su propio padre le enseñara una lección tan cruel y malvada le resultaba impensable. Y sin embargo, Ammar había aprendido aquel tipo de lección una y otra vez. No era de extrañar que la intimidad amorosa, del tipo que fuera, le resultara tan difícil.

Ammar le abrió la puerta del acompañante del todoterreno y la ayudó a entrar. Noelle podía sentir la tensión de su cuerpo, vio que apretaba las mandíbulas. Sabía que no le gustaba haberle contado sus secretos, que odiaba verse expuesto.

Ella le puso la mano en el brazo y Ammar se quedó muy quieto.

–Gracias por contármelo –le dijo en voz baja.

Él no dijo nada, se limitó a asentir con la cara girada. Tendría que bastarle con eso.

No hablaron en el camino de regreso a casa, y cuando llegaron, Ammar se excusó diciendo que tenía trabajo. Noelle se dirigió a su dormitorio con la cabeza todavía dándole vueltas.

Se pasó la tarde tumbada en la cama viendo cómo se alargaban las sombras del suelo mientras por su mente desfilaban los recuerdos bajo una nueva luz más amarga y poderosa debido a lo que ahora sabía.

Ahora lo veía todo de una manera distinta, desde la perspectiva de Ammar. Veía al hombre a quien quería amar, pero cuya vida le había forzado al rechazo en todos los sentidos: el físico, el emocional y el espiritual. Y sin embargo, Ammar quería cambiar y lo había intentado. Noelle se dio cuenta de que aquello le hacía amarle todavía más. Y disfrutó de la alegría de saber que tantos años atrás y también la noche anterior, no había sido a ella a quien había rechazado, al menos no del modo que ella temía. Ahora le creía, sabía que la encontraba deseable. Y la certeza resultaba emocionante.

Sentía como si el miedo que la había perseguido durante tantos años hubiera desaparecido por fin. Era libre, libre para amar a Ammar como quería amarle, profunda y completamente.

Y quería decírselo.

Observó cómo la habitación se oscurecía y el sol se ponía sobre las colinas del desierto arrojando rayos violetas sobre la arena. Experimentó una renovada sensación de paz y se levantó de la cama con una sonrisa para ir en busca de Ammar.

No estaba en ninguna parte de la casa, así que salió al jardín, ahora cubierto de oscuridad. Oyó el sonido del agua golpeando suavemente en los extremos de la piscina y se detuvo a cierta distancia viendo cómo Ammar cruzaba a nado el agua. Era un buen nadador; tal vez eso le hubiera salvado la vida. Le observó durante un momento antes de que se le ocurriera una idea. Sonrió y el corazón empezó a latirle con frenesí. Se giró y volvió al dormitorio.

Ammar nadó con movimientos firmes y seguros, el esfuerzo le propulsaba hacia delante y le llevaba a no pensar. Hacía tiempo que había descubierto que el ejercicio era una buena manera de liberarse de la rabia y dejar la mente en blanco. Era justo lo que necesitaba cuando su padre le hacía alguna de sus odiosas peticiones. «Cancela un crédito. Soborna. Miente. Engaña. Roba».

Con el paso de los años había dejado de reflexionar en lo que estaba haciendo, negándose a pensar en la conciencia que le había remordido cuando era un niño todavía ingenuo.

–Pero, papá...

La única respuesta fue el puño de su padre.

Ammar aumentó la velocidad. Sentía el corazón latiéndole con fuerza en el pecho. No quería pensar. No quería recordar a su padre ni todas las cosas que había hecho, y menos todavía la cara de Noelle cuando le habló de su pasado. De su debilidad.

Terminó otro largo y se detuvo en un extremo de la piscina. El corazón le latía con tanta fuerza que le dolía. Le ardían los pulmones y el agua le caía por la cara y por el pecho. Estaba a punto de volver a nadar cuando la oyó.

–Aquí estás.

Se dio la vuelta, sorprendido al verla. Noelle estaba delante de él vestida únicamente con un biquini verde bosque. Él había comprado el biquini, así que no debería sorprenderle verla con él puesto. Quería que se lo pusiera, se había imaginado que se lo quitaba lentamente del cuerpo. Le quedaba muy bien.

Ella sonrió y se sentó al borde de la piscina. Deslizó las largas y esbeltas piernas dentro del agua. Tenía una maravillosa piel dorada, pensó Ammar.

–El agua está caliente –dijo ella deslizando los dedos por la superficie.

Al inclinarse le ofreció una mejor visión de sus senos. Ammar sintió que se ponía duro. La deseaba como siempre la había deseado. Pensó en tomarla allí mismo. ¿Acaso no necesitaban los dos un alivio?

Y sin embargo, sabía lo que sucedería si lo hacía. Los recuerdos se apoderarían de él, se le meterían en la cabeza y se le pondría la mente en blanco porque era la única manera que conocía de enfrentarse a ellos. Y la rechazaría. Y ahora sabía por qué. Noelle conocía su más vergonzoso secreto. ¿Por qué diablos estaba allí?

–Estaba a punto de salir –dijo consciente de que sonaba muy brusco.

–No te vayas justo cuando entro yo –protestó Noelle con una sonrisa juguetona.

Pero él sacudió la cabeza.

–Tengo trabajo.

–¿Por la noche?

–Tengo muchas responsabilidades, Noelle –parecía un profesor.

–¿Y yo soy una de ellas? –arqueó las cejas y estiró las piernas, salpicándole con el dedo pulgar.

Ammar se dio cuenta de que estaba coqueteando. Le recordó a como era antes, alegre y desenfadada.

–Estoy ocupado –le espetó, y vio que se le borraba la sonrisa.

Noelle bajó la vista y se mordió el labio inferior. Ammar se sintió el mayor imbécil del mundo.

–Lo siento –dijo con un gruñido.

Ella volvió a alzar la mirada y recuperó la sonrisa juguetona.

–Entonces, ¿te quedas?

Y para su propio asombro, Ammar asintió.

–De acuerdo –la miró.

Noelle había vuelto a inclinarse sobre la piscina y miraba el agua. Si se inclinaba un poco más iba a salirse del biquini.

–Estás demasiado delgada –le soltó con brusquedad.

Noelle le miró sorprendida.

–Esta noche estás especialmente encantador, Ammar.

–Lo estás –insistió él. Sabía que estaba diciendo lo que no debía, pero las cosas que debía decir le aterrorizaban demasiado. Y estaba seguro de no querer oír lo que Noelle tuviera que decirle–. ¿Por qué has perdido tanto peso?

Noelle se encogió de hombros.

–Trabajo en la industria de la moda. Hay que estar delgada.

–Me gustabas más antes. Tenías más curvas.

A ella le echaron chispas los ojos.

–Yo podría decir lo mismo de ti.

Ammar soltó una carcajada inesperada y ronca. Ella sonrió y, durante un instante, Ammar se sintió más ligero. Por un momento podía dejarse llevar, disfrutar de la imagen de una mujer guapa en biquini. Una mujer a la que amaba.

El terror volvió a apoderarse de él y sacudió la cabeza.

–Deja de pensar tanto, Ammar.

–¿De qué estás hablando?

–Te lo veo en los ojos. Pareces un conejillo atrapado.

–¿Me estás comparando con un conejo? –gruñó él.

–Sí –Noelle sonrió todavía más y le brillaron los ojos–. Por lo menos en los ojos –le deslizó la mirada lentamente por el pecho desnudo y más abajo–. El resto no.

El cuerpo de Ammar respondió a su mirada aprobatoria. Noelle entró en la piscina y se acercó nadando a él. Cuando lo tuvo cerca, tan cerca que podía aspirar su aroma, ella levantó la mano y le deslizó un dedo por el pecho, haciendo que se le pusiera la piel de gallina.

Ammar se quedó paralizado. Ahora estaba atrapado, tan atrapado como un maldito conejo, capturado entre el deseo y aquel antiguo miedo instintivo.

–Quiero ayudarte –dijo ella.

Y para Ammar fue como si le hubiera arrojado cubitos de hielo por la espalda. Por el corazón.

–No quiero tu ayuda –le espetó.

Ella guardó silencio un instante.

–«Ayuda» no ha sido la palabra adecuada –aseguró

después con voz pausada–. Quiero tu amor, Ammar –alzó la vista expectante con los ojos muy abiertos reflejando sus emociones.

Ammar no dijo nada. Deseaba decirle que la amaba, sabía que necesitaba oírlo, pero las palabras se le quedaron alojadas en el pecho, quemándole el corazón.

«Te amo». ¿Por qué no podía decirlo? No eran más que unas estúpidas palabras. Aunque no tenían nada de estúpidas porque para él eran completamente auténticas. «Te amo». La última vez que dijo aquellas palabras, la mujer a la que iban destinadas se rio en su cara. Le dijo al niño desnudo e ingenuo de catorce años que fue que solo estaba allí por orden de su padre. Se quedó destrozado, por supuesto, pero tendría que haberlo superado, tendría que haber seguido adelante como habría hecho cualquier hombre.

Cuando se enamoró de Noelle, cuando la atrajo hacia sí y sintió la explosión de miedo en el pecho supo que no era así. Pensó que sería distinto cuando se casaran. Entonces todavía deseaba desesperadamente creer que lo podía tener todo. Tenerla a ella. Entonces sus sueños se derrumbaron cuando su padre se encaró a él en la que debía haber sido la mejor noche de su vida. «Tienes que enseñarle a tu mujer cuál es su sitio. Si no lo haces, lo haré yo. ¿Por qué insistes en esos ingenuos sueños de colegial?».

Su padre sabía lo débil que era. Demasiado débil para admitir la verdad delante de Noelle. Demasiado débil para que conociera su miedo, su vergüenza, la vida que había llevado. Demasiado débil para enfrentarse a su padre.

–Ammar –Noelle le sostuvo la cara entre las manos y se puso de puntillas para deslizarle los labios sobre los suyos.

Él no respondió, sintió que todo en su interior se cerraba. Era un hombre sin esperanza.

–Creo que no eres consciente de lo importante que es para mí que me hayas contado... –empezó a decir Noelle.

–No –la interrumpió Ammar. Sabía que no podría soportar su compasión.

–Que me hayas dicho que nunca me rechazaste –continuó ella.

Sonreía, pero Ammar se fijó en que tenía los ojos llenos de lágrimas. Todavía le sostenía el rostro entre las manos. No se podía mover.

–Saber que nunca te he parecido fea ni repulsiva.

Él tragó saliva. Tenía un nudo tan grande en la garganta que le costaba trabajo hablar.

–Eres la mujer más bella que he visto en mi vida.

A Noelle le resbaló una lágrima por la mejilla.

–Ahora te creo –susurró–. Te creo completamente, y es la sensación más maravillosa del mundo.

–¿Lo es? –su voz sonó como un murmullo áspero.

–Me has liberado con la verdad, ¿sabes? Me siento libre de amar sin miedo.

Ammar nunca lo había considerado así. Sabía que solo había pensado en su dolor y en su debilidad, no en lo que ella podía sentir. Le secó cuidadosamente la lágrima con el pulgar.

–Lo siento.

Noelle sacudió la cabeza y le resbaló otra lágrima. Ammar la recogió con el otro pulgar y le sujetó el rostro con las manos.

–No lo sientas. Podemos superar esto, Ammar.

Él dejó caer las manos y dio un paso atrás.

–No quiero superar nada.

Noelle parpadeó.

–¿No quieres cambiar las cosas?

Oh, sí. Quería que todo cambiara.

–Lo que no quiero es seguir con esta conversación –atajó con sequedad.

–Al parecer, hay muchas conversaciones que no quieres mantener –inclinó la cabeza observándole como si fuera un bicho raro–. No has sido célibe toda tu vida –aseguró–. Eso lo sé. Supongo que habrás estado con otras muchas mujeres.

–Con algunas –reconoció él.

–¿Y cómo?

Ammar no dijo nada. No quería hablarle de los sórdidos y vacíos encuentros que había mantenido en su lamentable vida.

–Supongo que pudiste separar el sexo del sentimiento –continuó Noelle–. El sexo del amor. Yo traté de hacerlo, ¿sabes? Después de la anulación. Quería sentirme deseada, así que lo busqué en unas cuantas relaciones vacías.

Ammar se sintió cegado por los celos. No esperaba que se hubiera mantenido virgen durante diez años, pero aun así le dolía. Él tampoco había sido precisamente célibe, aunque las mujeres con las que estuvo no significaron nada para él. Se aseguraba de que así fuera. Solo Noelle había despertado aquel anhelo en su interior. Y también los recuerdos y el miedo.

–Todo aquello me hizo sentir peor que antes –continuó Noelle–. Más vacía que nunca.

Ammar asintió con sequedad. Sabía a lo que se refería. Ambos habían estado buscando lo que solo podían encontrar el uno en el otro. Y sin embargo, todavía no lo habían encontrado. Se sintió frustrado al pensarlo.

–Sabía que quería algo más, pero no me atrevía a intentarlo –suspiró–. El único hombre que me ha hecho querer intentarlo eres tú.

Noelle alzó la vista hacia él con expresión dolorosamente franca. Sabía que estaba esperando. Esperando aquellas dos palabras.

«Te amo».

Ammar abrió la boca. No salió nada. Vio la desilusión en sus ojos y dio un paso atrás.

–Debería ponerme a trabajar –una excusa pésima, pero no se le ocurría nada mejor.

Noelle no le desafió. Se limitó a asentir despacio, y Ammar se preguntó si aquel atisbo de decepción se estaba convirtiendo ya en una derrota. Tragó saliva, dio otro paso atrás y salió de la piscina.

Noelle se quedó sola en el agua. El silencio de Ammar resonaba en su interior. Pensó que iba a decirle que la amaba, pero por supuesto no era tan fácil. ¿De verdad pensaba que podría resolverlo todo en una tarde? Seguía siendo ridículamente ingenua. Dejó escapar un largo suspiro sin saber qué hacer ahora. Tenía la sensación de que Ammar necesitaba más espacio y tal vez ella también. Mirando hacia la tranquila piscina, decidió que bien podría nadar un poco.

Cincuenta largos más tarde estaba agotada y helada; el sol se había puesto y el aire del desierto era frío y cortante. Al menos había dejado de pensar durante un rato. No pensar había sido un alivio, y suponía que para él era lo mismo. Salió de la piscina, sorprendida al ver un grueso albornoz de felpa en una de las hamacas. Ella no lo había llevado, así que alguien más tendría que haberlo puesto allí mientras nadaba. ¿Había sido Ammar o uno de los empleados de servicio?

Se lo puso y, agradeciendo su calor, se dirigió hacia las puertas del balcón que daban a la sala de música. Se detuvo de pronto cuando rodeó un recodo del camino: en el pequeño jardín se había dispuesto una mesa íntima para dos con velas. Ammar estaba allí de pie, vestido con camisa blanca y pantalones grises. Estaba abriendo una botella de vino y tenía un aspecto increíblemente sexy.

–Pero ¿qué...?

–Pensé que tendrías hambre –dijo Ammar con una media sonrisa sirviendo dos copas.

–La tengo –reconoció ella.

Estaba conmovida ante el romanticismo del detalle. Se había preparado para otro encuentro tenso.

–Esto es maravilloso –aseguró–. Tengo que ir a cambiarme.

–Te esperaré.

Noelle salió prácticamente volando escaleras arriba. Una vez en su dormitorio se quitó el albornoz y el biquini y buscó algo adecuado que ponerse entre las perchas de la ropa que Ammar le había comprado. Sacó una camisa blanca de algodón y una falda de lino verde claro. Al igual que el resto de la ropa, era demasiado grande, pero no tenía mucha elección y quería darse prisa. Tenía miedo de que desapareciera el espejismo si tardaba demasiado en bajar. Que Ammar apagara las velas y se volviera otra vez autoritario. Agarró el cepillo, pero pensó que ya se peinaría el cabello húmedo más tarde.

Al salir por las puertas del balcón sintió un gran alivio al ver que todo seguía igual. El vino, la luz de las velas, Ammar. La luz de las velas le iluminó la cara, los ángulos de la barbilla y de los pómulos, la cicatriz. Se había dejado desabrochados los dos botones superiores de la camisa, y Noelle dirigió la vista hacia la columna de su cuello y las esculpidas líneas del pecho. Tragó saliva y ya no pudo pensar en nada más. Solo se preguntó vagamente cómo era posible desear tanto a alguien.

Ammar se dio la vuelta y aunque no dijo nada vio un brillo en sus ojos, que se volvieron dorados. Contuvo el aliento, sintió que el deseo cortaba el aire y entonces Ammar le señaló la mano.

–Permíteme –le dijo.

Noelle se dio cuenta entonces de que todavía tenía el cepillo en la mano y el pelo mojado por la cara. Estupendo. Debía de tener un aspecto espantoso, sin aliento y sin peinar. No llevaba nada de maquillaje y estaba descalza.

–Me he dado prisa –murmuró.

Ammar le quitó el cepillo de la mano.

–Me alegro.

La tomó de la mano y ella permitió que la guiara hacia una de las sillas. Cerró los ojos mientras le pasaba el cepillo por el pelo con tanta delicadeza que se le habrían llenado los ojos de lágrimas si no estuviera ya temblando de deseo.

–Siempre me ha gustado tu pelo –dijo Ammar con ansia en la voz–. Tiene mil tonos.

Noelle sintió sus dedos en el cuello masajeándole los tensos músculos y dejó escapar un suspiro de placer. Cerró los ojos. El contacto le resultaba tan hipnotizador que tuvo que concentrarse para encontrar las palabras.

–¿Te acuerdas de cuando me cepillaste el pelo una vez?

Ammar guardó silencio durante un instante y siguió cepillándoselo con movimientos largos y sensuales. Cada cepillada encendía en ella un deseo nuevo que le corría por las venas.

–Me acuerdo –dijo él finalmente.

Ninguno de los dos dijo nada entonces, parecía como si el recuerdo de aquel momento se hubiera instalado entre ellos. Noelle escuchó su respiración, sintió el calor de su cuerpo cerca del suyo. Le resultaba increíblemente íntimo aunque no pudiera verle. Era como si cada pase del cepillo liberara los recuerdos y el miedo que ambos tenían, el dolor y la vergüenza en un tierno acto de curación y esperanza.

–Ya está –dijo dejando finalmente el cepillo y apartándole el cabello a un lado para depositarle un beso en la nuca, como había hecho la otra vez.

Noelle dejó escapar un suspiro entrecortado cuando sintió sus labios deslizándose sobre la piel.

–Te amo –dijo Ammar en voz baja.

Y a ella se le expandió el corazón y le llenó todo el pecho. No podía respirar.

–Yo también te amo –susurró–. Mucho.

No se lo había dicho con anterioridad, solo le había dicho que quería amarle. Como si le resultara difícil, como si fuera un desafío en lugar de una alegría. Ahora entendía lo sencillo que podía ser, lo perfecto y lo puro.

Ammar le tomó la mano en silencio y entrelazó los dedos con los suyos. Todavía seguía sin verle, aunque sentía su fuerza detrás de ella, su cálida respiración en la oreja. Y en aquel momento sintió que todo su ser bullía de felicidad. Sintió como si pudiera flotar en el cielo. Entonces él le susurró con la voz ronca por la emoción:

–Sube conmigo. Olvídate de la cena y sube conmigo ahora.

Capítulo 8

AMMAR la guió a su dormitorio con los dedos entrelazados en los suyos. Noelle sentía el corazón latiéndole con fuerza dentro del pecho. Cada doloroso latido le recordaba la intimidad y la importancia de aquel momento, de lo que Ammar le estaba pidiendo. Finalmente tendrían su noche de bodas. Él abrió la puerta del dormitorio y la urgió a entrar. En la estancia tenuemente iluminada por la luna solo podía distinguir su rostro y vio lo solemne y serio que estaba.

El corazón le latió todavía con más fuerza.

Ammar dejó escapar un suspiro estremecido y para disgusto de Noelle dio un paso atrás soltándole la mano. Ella sintió como un vacío su pérdida. Contuvo el aliento y le miró con recelo.

–He esperado demasiado para esto –dijo Ammar en voz baja y trabada por la emoción–. No quiero precipitarme como un colegial.

–No me importa que te precipites –aseguró Noelle temblando.

Ammar esbozó una sonrisa.

–Ya habrá tiempo para las prisas más adelante. Ahora vamos a tomárnoslo con calma –su sonrisa se volvió deliciosamente pícara cuando dio un paso adelante y empezó a desabrocharle la camisa.

El cuerpo de Noelle se estremeció expectante al sentir los dedos de Ammar deslizándose por su piel. Ella no se movió, no le tocó, porque supo instintivamente que Ammar estaba dirigiendo aquel baile y estaba encantada de ser su acompañante.

Cuando le desabrochó el último botón y le abrió con delicadeza la camisa dejando que le resbalara por los hombros, Noelle se estremeció y la prenda cayó al suelo. Ammar le desabrochó con firmeza el sujetador, que también cayó al suelo.

Ammar le puso las manos en los hombros y luego le cubrió los senos acunando con las palmas su suavidad mientras le acariciaba los sensibles pezones con los pulgares. Ella dejó escapar un suspiro.

–Dime qué quieres que haga –susurró.

–Desnúdame.

Un estremecimiento de placer la recorrió. Se sentía poderosa cuando se acercó a él y empezó a desabrocharle los botones de la camisa. Sintió que Ammar temblaba con su contacto mientras ella se peleaba con uno de los botones. Se rio suavemente.

–Me tiemblan los dedos.

Por toda respuesta, Ammar le tomó la mano y se la puso sobre el corazón. Noelle sintió la fuerza de sus latidos.

–A mí también.

Noelle le desabrochó el último botón. Tenía la sensación de haber tardado una eternidad en desabrochárselos todos, pero finalmente le deslizó la camisa por los anchos hombros disfrutando de la sensación de su piel y sus duros músculos. Le encantaba tocarle. Llevaba mucho tiempo deseando hacerlo y ahora se sentía como una niña en una pastelería, mirando a su alrededor maravillada. Suyo. Era todo suyo.

La camisa cayó al suelo y observó su torso desnudo,

las salpicaduras de vello oscuro que descendían por la cinturilla de los pantalones, los músculos esculpidos de su precioso cuerpo.

–¿Y ahora qué? –preguntó con voz temblorosa.

–Segundo asalto –murmuró Ammar desabrochándole el botón de la falda.

El mero roce de sus dedos sobre el vientre le provocó otra llamarada de deseo. Se balanceó sobre los pies mientras le bajaba la cremallera y le deslizaba la falda por las piernas antes de ponerse de rodillas delante de ella.

–Ammar...

Él le deslizó la mano por la pierna desnuda con seguridad y gesto posesivo y la sostuvo con la otra mano para ayudarla a salir de la falda.

Noelle pensó en medio de una nebulosa que desnudarse no le había parecido nunca tan erótico.

Pero entonces dejó de pensar en nada. Ammar pasó los pulgares por el borde de sus braguitas y se las bajó también despacio, así que ahora estaba completamente desnuda. Luego volvió a subir las manos hasta las caderas, sosteniéndola mientras le acercaba la pelvis hacia él.

Noelle cerró los ojos cuando la besó en la juntura de los muslos. Fue un beso suave que le provocó varias oleadas de placer. Entonces se incorporó.

–Ahora yo.

Noelle observó la hebilla del cinturón y la cremallera de los pantalones con escepticismo, porque le temblaban tanto los dedos que no estaba segura de si sería capaz de hacerlo. Le temblaba todo el cuerpo por la fuerza del deseo.

–Esto tal vez lleve un tiempo –bromeó.

–Te dije que no había prisa –sonrió Ammar.

Noelle fue hacia la hebilla del pantalón y tiró de ella inútilmente.

–Para ser una mujer especializada en accesorios no tienes muy claro cómo desabrochar una hebilla –la reprendió él con ironía.

Ella soltó una suave carcajada.

–Soy una inútil, pero me gustaría bajarte los pantalones.

–No eres ninguna inútil, y a mí también me gustaría que me los quitaras –Ammar sonrió con expresión de deseo y amor.

Noelle sintió una punzada de felicidad y le desabrochó rápidamente la hebilla antes de bajarle la cremallera. Le deslizó los pantalones por las piernas y luego le miró los boxers. Tenía una erección gloriosa y evidente. Ammar le tomó la barbilla entre los dedos y ella se dio cuenta de que le estaba mirando fijamente.

–Tócame –le pidió él con dulzura.

Noelle le bajó los boxers y tomó con la mano la sedosa longitud de su erección.

–Oh, Noelle –susurró él con un suspiro estremecido–. Te amo.

Ella dejó escapar un gemido entrecortado por el poder de aquel momento casi sagrado. Ammar la atrajo hacia sí y presionó su cuerpo desnudo contra el suyo.

Entonces la guió hacia la enorme cama cubierta con una colcha de seda y la colocó encima con reverencia. Se unió a ella y se quedaron allí un instante sin hablar. Solo se escuchaba el sonido de sus respiraciones. Entonces le deslizó suavemente la mano por el cuerpo, acariciándole la piel desde el hombro hasta la cadera. Noelle hizo lo mismo, disfrutando de la libertad que sentía al tocarle.

Ammar la besó entonces con pasión, y la intensidad

de su deseo se apoderó de ambos. Noelle le pasó una pierna por la suya, sintió el insistente rozar de su erección contra su cuerpo y se arqueó.

Ninguno de los dos dijo nada, pero sobraban las palabras. Noelle se agarró a los poderosos hombros de Ammar cuando finalmente entró en ella. Se detuvo un instante, y en aquel silencioso instante Noelle supo que ambos estaban abrumados por la sensación de plenitud que les proporcionaba la unión de sus cuerpos.

Ella le rodeó las caderas con las piernas y se arqueó hacia arriba, aceptándole mientras Ammar empezaba a moverse con embates suaves y firmes. Noelle le siguió el ritmo, sus cuerpos trabajaron de forma sensual al unísono y cuando el placer fue aumentando en espiral dentro de ella gritó su nombre y hundió la cabeza en la curva de su hombro, sacudida de pronto por un incontenible sollozo de felicidad.

La luz del sol se filtraba a través del hueco de entre las cortinas del dormitorio de Ammar, y él las abrió con un único tirón, permitiendo que la dura luz amarillo limón bañara la habitación con su brillo.

Noelle se giró en la cama y sintió el vacío a su lado al estirarse. Se sentía maravillosamente saciada, presa de un delicioso cansancio. Ammar la miró con las cejas arqueadas. Noelle pensó que nunca le había visto tan relajado. Tenía el pecho descubierto y llevaba unos pantalones que se ataban con cordón caídos en la cadera. Estaba tan guapo y arrebatador como siempre.

–¿Has dormido bien? –le preguntó él.

Noelle soltó una breve carcajada.

–Creo que no he dormido nada.

–Qué curioso, yo tampoco –Ammar sonrió con picardía y se acercó al borde de la cama para sentarse–. Hoy es domingo.

–¿Ya? –el fin de semana había pasado volando, y al mismo tiempo, Noelle sentía como si llevara allí toda la vida.

–Tienes que volver a París.

–¿Sí? –ella se le quedó mirando fijamente.

–A juzgar por la expresión horrorizada de tu rostro, creo que has llegado a apreciar la vida en el desierto.

–Supongo que sí.

–Pero el deber es lo primero –aseguró Ammar levantándose de la cama–. No me gustaría que perdieras tu trabajo por mi culpa.

El trabajo. Noelle se recostó contra las almohadas. No había pensado para nada en Arche durante las últimas veinticuatro horas. Y después de dos días de ausencia sin justificar, no estaba segura siquiera de tener todavía trabajo. Desde luego ya podía ir olvidándose del ascenso. Pero ¿qué más le daba? Se dio cuenta de pronto de que nunca le había gustado aquel trabajo. Lo había intentado y se había volcado en él, creando una nueva vida post-Ammar en la que no se parecía a la persona que había sido cuando estaba con él, la persona que quería ser ahora. Su auténtico yo.

–En cualquier caso, yo tengo trabajo que hacer en París –dijo Ammar distrayéndola mientras se ponía una camiseta–. Podemos irnos esta tarde.

–¿Nos vamos los dos?

–Esa es la idea.

Y era una idea maravillosa, pensó Noelle. Una idea maravillosa y al mismo tiempo embriagadora. Vivir en la misma ciudad, compartir placeres sencillos como ir al cine, a cenar y dormir en la misma cama.

Unas horas más tarde se dirigieron en helicóptero a

Marrakech y de allí tomaron un avión privado que les llevaría a París. Noelle se acomodó en el suntuoso sofá de piel de color crema y suspiró encantada.

–¿Siempre viajas en jet privado? –le preguntó a Ammar–. Debe de ser muy caro.

Ammar, que estaba sentado frente a ella, abrió su maletín.

–Sí, pero vale la pena.

Había algo reprimido en su actitud, en el modo en que la estaba mirando. Noelle se sintió algo incómoda. Sabía que no quería hablar de Empresas Tannous, pero había muchas cosas que ella necesitaba saber.

–Dijiste que querías legitimar Empresas Tannous –dijo con voz pausada–. ¿Qué significa eso exactamente?

–Significa exactamente eso –Ammar seguía mirando sus papeles, estaba claro que no quería mirarla a los ojos ni continuar con aquella conversación.

Noelle bajó los papeles que él estaba leyendo con tanta avidez. Ammar la miró sobresaltado.

–No me dejes fuera –le pidió ella en voz baja.

–No te estoy dejando fuera –aseguró Ammar–. Pero dudo que quieras conocer los sórdidos detalles de los negocios de mi padre. Era un corrupto, Noelle –afirmó apretando las mandíbulas–. Pero ahora que yo estoy al frente quiero legalizar todos los aspectos de Empresas Tannous.

Noelle sintió una oleada de admiración por la labor que iba a llevar a cabo.

–Me siento orgullosa de ti, Ammar –aseguró inclinándose y poniendo la mano sobre la suya.

Se lo dijo con seguridad y con amor, y supo que Ammar lo había percibido. Él la miró y vio el deseo en sus ojos, un deseo que ella sintió también florecer. De pronto estaba sin aliento.

Ammar entrelazó los dedos con los suyos. El corazón empezó a latirle con fuerza cuando la atrajo hacia sí, levantándola del asiento para sentarla en su regazo a horcajadas. Noelle sintió la firmeza de su erección y un escalofrío de hielo le recorrió el cuerpo.

Ammar le enredó las manos en el pelo y le acercó el rostro para besarla apasionadamente. Y justo en ese momento se oyó el sonido de una puerta al abrirse. Alguien se aclaró la garganta y ambos se quedaron paralizados.

–Discúlpeme, señor –dijo uno de los miembros del personal de seguridad de Ammar–. Solo quería decirle que estamos listos para despegar.

–Yo desde luego sí lo estoy –murmuró él al oído de Noelle.

Ella hundió la cara en la curva de su hombro y se rio nerviosa. El hombre se marchó murmurando una disculpa y Noelle levantó la cabeza.

–Estoy muy avergonzada.

–Por suerte para nosotros, este avión tiene dormitorio.

–Pero no podemos... –protestó Noelle.

–Claro que podemos –la interrumpió Ammar con una sonrisa perversa.

Y lo hicieron.

Ammar no podía evitar sonreír mientras trataba de centrarse en los papeles que tenía delante. Miró a Noelle, la vio acurrucada con una mano apoyada en la mejilla mientras leía una revista de modas. Habían hecho un buen uso del dormitorio y el cuerpo todavía le latía con la satisfacción de haberla hecho suya una vez más. Que le hubiera dicho que estaba orgullosa de él había funcionado como un afrodisíaco. Escuchar el amor en su voz, saber que creía en él...

«Ella no sabe nada».

La idea le atravesó la mente con la fuerza de un mazazo, destrozando la esperanza que había empezado a crecer en su corazón y borrándole la sonrisa del rostro. Noelle no sabía nada de lo que había hecho, de lo que era capaz. Y algún día lo averiguaría.

Sintió entonces la calidez de su mano en la suya, alzó la vista y la vio sonriéndole, aunque con gesto preocupado.

–No te preocupes tanto –le dijo con voz pausada apretándole la mano.

–No estoy preocupado –mintió él besándole la mano.

Ella sonrió todavía más, confiada. Creía en él. Ammar sintió que se le suavizaba un poco el nudo de la garganta. Con Noelle a su lado todo sería distinto. Él sería distinto.

Unas horas más tarde aterrizaron en París. Una limusina de cristales tintados les esperaba en la entrada, y Ammar la acompañó al interior mientras su personal de seguridad se ocupaba de las maletas. El chófer, Youssef, le preguntó en árabe si quería ir directamente al ático que su padre tenía en París. Noelle frunció el ceño cuando Ammar respondió antes de girarse hacia ella.

–Te dejaré en tu casa antes de ir a mi apartamento.

–Creí que ibas a quedarte conmigo –protestó ella.

Ojalá fuera tan sencillo.

–El trabajo me lo impide –Ammar se puso tenso. Quería mantener a Noelle lo más alejada posible de su trabajo, al menos hasta que limpiara Empresas Tannous–. Tengo muchas reuniones, compromisos –explicó tratando de mantener un tono pausado.

–Entiendo –Noelle se giró para mirar por la ventanilla hacia el tráfico parisino.

Ammar se quedó intranquilo. Sabía que la única manera de librarse de la inquietud sería contarle todo, pero no estaba preparado. Todavía no. Las cosas entre ellos eran todavía demasiado frágiles.

Cuando llegaron al apartamento de Noelle, le ordenó al chófer que esperara mientras la acompañaba. Noelle miró de reojo al hombre que estaba en la puerta del edificio con los brazos cruzados.

–¿Quién es ese?

–Uno de los miembros de mi equipo de seguridad. Se llama Ahmed, y está aquí para protegerte.

Noelle sacudió lentamente la cabeza.

–No sabía que necesitara protección. No me gusta –habían llegado al piso más alto, y Noelle abrió la puerta de su apartamento–. ¿Acaso corro algún peligro?

–No, pero no quiero correr riesgos contigo –Ammar pensó en algunas personas con las que había hecho negocios y sacudió la cabeza.

Noelle dejó las llaves en la mesita de la entrada y se giró hacia él. Tenía los ojos muy abiertos y una expresión asustada.

–Ven aquí –le ordenó con voz ronca.

Ella se acercó con el ceño ligeramente fruncido. Ammar apoyó la frente sobre la suya y aspiró su femenino aroma.

–Te amo –le dijo con convicción.

Noelle no respondió, pero Ammar vio cómo se le formaba una lágrima en el ojo.

–No, por favor –murmuró. No podía soportar la idea de hacerla llorar–. No llores.

Entonces la besó suavemente en los labios mientras le capturaba las lágrimas con los pulgares antes de apartarla suavemente de él.

–Debería irme. Tengo mucho trabajo. Cena conmigo esta noche –le pidió.

A Noelle se le iluminó la cara durante unos instantes.

–De acuerdo.

Ammar se la quedó mirando. Cuando salieran a la luz los secretos y los pecados, ¿qué quedaría? ¿Seguiría amándole Noelle? Le daba miedo responder a aquella pregunta.

Asintió brevemente con la cabeza a modo de despedida, se dio la vuelta y se marchó.

Capítulo 9

ESE NO.

Noelle miró sorprendida a Ammar. Estaba a punto de escoger un vestido de alta costura gris plateado de entre los modelos que le había llevado la dependienta.

–¿Qué tiene de malo?

–Es demasiado oscuro. ¿Por qué no eliges algún color más brillante?

–Los colores brillantes no están de moda –Noelle apretó los labios.

–Creía que tú marcabas las tendencias –señaló Ammar con lógica.

Ella se rio.

–Así es, pero no creo que haya ningún vestido colorido en toda la boutique.

–Entonces iremos a otra.

Noelle le había pedido que le acompañara a un baile de gala benéfico aquella noche, su primera aparición pública desde que volvieron a París. Ammar accedió, pero puso una condición: tenía que comprarse un vestido nuevo.

Durante aquella última semana se habían visto prácticamente todos los días, y desde luego todas las noches. Tenía el cuerpo dolorido por la agotadora felicidad de tantas noches llenas de placer.

Recorrieron los Campos Elíseos tomados de la mano en busca de otra boutique. Finalmente, Noelle escogió un vestido de color rosa chicle sin mangas y con vuelo que parecía un merengue y que una semana atrás jamás hubiera mirado siquiera. Pero al verse en el espejo con él puesto sintió que era más ella misma que nunca. Tenía la expresión más dulce, las mejillas más sonrojadas y los ojos más brillantes. Parecía... feliz. Más feliz de lo que había sido desde hacía mucho tiempo.

Ammar lo arregló todo para que enviaran el vestido al apartamento de Noelle y luego siguieron paseando bajo el sol veraniego. Hacía un día precioso y cálido. París estaba lleno de turistas y de amantes.

–¿Dónde vamos ahora? –preguntó Noelle mientras caminaban hacia las estrechas y pavimentadas calles del Barrio Latino.

–A un sitio que conozco –contestó Ammar tomándola de la mano para guiarla a través de las callejuelas hasta que se detuvo frente a la entrada de una tienda.

A Noelle le dio la impresión de que estaba abandonada. El escaparate estaba vacío y lleno de polvo, y había un cartel medio caído que indicaba que allí antes se vendían zapatos de mujer.

–Ya hemos llegado –Ammar se sacó una llave del bolsillo y abrió la puerta de la tienda–. Tienes que utilizar la imaginación, por supuesto, pero ¿qué te parece? –le preguntó invitándola a entrar.

–¿Qué me parece? –Noelle contuvo un estornudo–. Bueno, es... –se detuvo–. ¿Qué es?

Ammar se rio entre dientes.

–Ahora mismo no es más que una vieja tienda vacía, está claro, pero podría ser tu librería.

Noelle miró de pronto el espacio vacío lleno de polvo de un modo completamente distinto.

–Mi librería –repitió–. No pensé siquiera que te acordaras...

–Me acuerdo –Ammar señaló hacia la ventana–. Butacas junto a la ventana para que la gente pueda leer al sol. Cuadros de aspirantes a artistas locales en las paredes. Y también querías un pequeño café, ¿verdad? En el que se sirvieran *brioche* y cruasanes.

–Sí –susurró ella–. Así es exactamente como lo había imaginado.

–El local está en alquiler porque el último negocio fracasó. El dueño no quiere venderlo, pero un alquiler a cinco años me parece razonable –Ammar alzó las cejas–. ¿Qué te parece?

–Me parece que eres maravilloso –aseguró Noelle–, por recordar lo que dije. Lo que quería. Y por ayudarme a hacerlo posible –cruzó la tienda y se puso de puntillas para darle un beso en la mejilla–. Esto significa mucho para mí, Ammar. Gracias.

Ammar la atrajo hacia sí y la besó con pasión en la boca.

–Podríamos inaugurar la tienda –susurró con tono ronco.

Noelle dejó escapar una carcajada. Ammar le deslizó la mano por debajo de la falda y le puso la palma con firmeza en la cadera. Ella se apretó contra su cuerpo con el deseo corriéndole por las venas.

–Podríamos –murmuró contra su boca.

Ammar siguió besándola y le sujetó con más fuerza las caderas, guiándola hacia su erección. Noelle dejó escapar un suspiro de placer. En cuestión de segundos, aquello pasó de ser un intercambio juguetón a convertirse en algo más descarnado y urgente. Ammar la apoyó contra la pared sin apartarse de su boca mientras le colocaba una pierna alrededor de su cintura.

Una parte distante de su cerebro le recordó que la puerta no estaba cerrada y que la gente podía pasar por delante de la puerta o incluso entrar. Pero daba lo mismo. Solo podía pensar en Ammar, en sus manos sobre su piel, en sus labios en los suyos. Ammar dentro de ella, amándola.

Después se quedó apoyada contra la pared con las piernas temblando y el corazón acelerado. Ammar seguía sujetándola. Ella se apartó un mechón de pelo de la cara.

–Uf –susurró con voz temblorosa.

–Sí, uf –sonrió Ammar.

Para cuando Noelle regresó a su apartamento ya habían llevado el vestido. Observó los volantes rosas con una mezcla de asombro y felicidad, porque el vestido era ridículo pero le encantaba. Y aquella noche sería como Cenicienta con él puesto.

Dos horas más tarde entró en el opulento salón de baile de uno de los mejores hoteles de París del brazo de Ammar. Sentía que destacaba como una flor colorida en medio de un jardín de invierno, su vestido rosa era una pincelada de color en un mar de negro. Ammar le pasó el brazo por la cintura.

–Estás preciosa –le susurró–. Todas las mujeres que hay aquí te envidian.

Noelle soltó una alegre carcajada. Se sentía ligera y feliz. Se mezclaron con la gente y Noelle le presentó a algunas personas. Tenía el corazón henchido de orgullo al ir de su brazo. Estaba tan sumida en su neblina de felicidad que al principio no se dio cuenta de que algunas personas saludaban a Ammar asintiendo tensamente con la cabeza, mirándole de reojo o apartando la vista.

Pero al cabo de un rato sí se dio cuenta y vio la expresión tensa del rostro de Ammar, la rigidez de los hombros. El modo en que la gente le miraba, como si le tuvieran miedo. La idea le pareció ridícula al principio, pero luego ya no tanto. Ammar era un hombre poderoso, pero ¿qué sabía ella de su poder? Sabía que quería legitimar Empresas Tannous, pero seguía sin entender a qué se refería. Ni lo que había ocurrido en el pasado. Lo que Ammar había hecho.

Pero apartó de sí aquellos pensamientos con impaciencia. Ammar era diferente ahora. Ella también. Quería disfrutar de aquella velada, permanecer en su nebulosa de felicidad. Le miró de reojo. Estaba magnífico con su esmoquin, componía una figura alta e imponente que exudaba poder por los cuatro costados. Y sin embargo en aquel momento le miró como si no le conociera realmente.

¿Quién era aquel hombre?

Ammar se giró hacia ella con expresión preocupada.

–¿Tienes frío?

Noelle se dio cuenta de que se había estremecido. Negó con la cabeza. Pero Ammar le pasó el brazo por los hombros y la atrajo hacia sí. Ella cerró un instante los ojos y disfrutó del contacto. Amaba a aquel hombre. Sin duda eso era lo único que importaba.

Cuando ya llevaban un buen rato allí, se encontró con Amelie.

–Has venido con don Terrorífico, ¿verdad? –exclamó encantada.

Noelle sacudió la cabeza.

–No le llames así.

–Es muy, muy sexy –aseguró Amelie girándose para mirar a Ammar, que estaba al otro lado del salón–. He oído que sobrevivió a un accidente de helicóptero –miró a Noelle con curiosidad–. ¿Has pasado el fin de semana con él? ¿Por eso no fuiste a trabajar?

–No exactamente –Noelle tragó saliva y deseó poder suavizar la tirantez que sentía en el pecho. En el corazón.

–Vaya, qué evasiva –Amelie sonrió con coquetería–. Bueno, pues iré yo a por él. Es guapísimo.

Noelle sintió una punzada de celos, aunque sabía que era absurdo.

–Está fuera de tu alcance, Amelie.

–Parece que para ti no.

Sí, para ella también. La idea la atravesó con fuerza. Ammar había sido muy abierto con ella en muchas cosas. ¿Cómo iba a pedir más? Y sin embargo, sabía que había aspectos de los que no le había hablado. Cosas que necesitaba saber y que al mismo tiempo temía.

–Voy al baño –dijo pasando por delante de Amelie para dirigirse al suntuoso tocador del vestíbulo.

Una vez a solas se miró en el espejo. Estaba muy pálida y tenía los labios apretados. Se agarró al borde del lavabo y respiró hondo. Sabía que Ammar se estaría preguntando dónde estaba. Tenía que encontrarle, estar con él. Solo eso. Abrió el grifo y se humedeció las muñecas. Luego se giró con resolución hacia la puerta.

Solo había dado unos cuantos pasos en el vestíbulo cuando una voz aguda la detuvo.

–Estás con él, ¿verdad?

Noelle se giró muy despacio y vio a una mujer joven de rostro pálido y ojos furiosos que la miraba fijamente.

–¿A quién te refieres? –le preguntó, aunque lo sabía perfectamente.

–A Tannous –la mujer escupió su nombre como si fuera un insulto–. Él arruinó a mi padre.

Noelle se la quedó mirando y sintió que se congelaba por dentro. En el fondo sabía que debería marcharse de allí. No tendría que escuchar aquello de labios de una desconocida enfadada. Tendría que ser Ammar quien le contara la verdad. Pero abrió la boca y preguntó:

–¿Cómo?

–Empresas Tannous compró la empresa en la que trabajaba mi padre –dijo la mujer con dolor–. Transfirieron todas las pensiones de los empleados a unos seguros de vida.

Noelle sacudió la cabeza sin entender nada. Incluso sintió una punzada de alivio al pensar que tal vez los secretos de Ammar no fueran tan terribles después de todo.

–Las pólizas no valían nada –explicó la mujer con amargura–. La empresa quebró, como Tannous sabía que ocurriría, porque la había vendido. Pero antes se fundió los fondos de las pensiones. Todos los empleados lo perdieron todo.

Noelle volvió a sacudir la cabeza.

–Pero...

–Tannous se salió con la suya, por supuesto. Como siempre. Tiene un abogado muy astuto que le mantiene alejado de los problemas. A mi padre no le quedó nada. Murió hace dos meses de un ataque al corazón. Era un hombre roto.

Noelle cerró un instante los ojos.

–Lamento mucho tu pérdida –susurró.

–¿De verdad? –la retó la mujer–. Ammar Tannous es completamente inmoral y corrupto, y su empresa está podrida. Si no fuera tan rico estaría en la cárcel. ¿Por qué estás con él?

La pregunta resonó por el vestíbulo y Noelle se quedó paralizada. No dijo nada. La mujer estaba claramente esperando una respuesta. Pero Noelle se limitó a sacudir la cabeza y a salir de allí.

El resto de la velada transcurrió en medio de una nebulosa. Vio que Ammar la miraba fijamente cuando volvió y supo que debía de tener un aspecto devastado y agotado.

¿Quién era él? ¿Qué clase de cosas había hecho?

Noelle se las arregló sin saber cómo para enfrentarse a la interminable rueda de conversaciones vacías, risas y cotilleos. Ni siquiera era consciente de lo que decía, ni mucho menos de lo que decían los demás. No habló con Ammar hasta que se marcharon del hotel en la limusina de cristales tintados conducida por Youssef.

Ammar miraba por la ventanilla. Todos los ángulos de su cuerpo estaban tensos y no la miraba.

–Alguien te ha dicho algo, ¿verdad?

A Noelle se le nubló la visión y tragó saliva.

–Sí.

Ammar no dijo nada y ella insistió.

–¿No quieres saber de qué se trata?

Él no apartó la vista de la ventanilla.

–La verdad es que no.

Noelle apartó la vista. La tensión en el coche era tan palpable que costaba trabajo respirar. La limusina se detuvo delante del edificio de su apartamento. Ammar había pasado la mayoría de las noches allí. Aunque no lo hubiera dicho, Noelle tenía la impresión de que prefería su acogedor hogar al lujo estéril de su ático. Se bajó del vehículo sintiendo las piernas de plomo y la presencia de Ammar a la espalda mientras subían en el viejo ascensor hasta el sexto piso. Trató de abrir la puerta, pero le temblaban los dedos y la llave cayó al suelo. Ammar la recogió.

–Permíteme –dijo abriendo la puerta y urgiéndola a entrar antes de cerrar tras él.

Ninguno de los dos dijo nada, hasta que finalmente ella consiguió susurrar:

–¿Por qué no quieres saber lo que me han dicho?

La expresión de Ammar permaneció neutra. Noelle no podía soportarlo.

–¿No tienes ni la más mínima curiosidad? Está claro que a mí me ha afectado. Me ha puesto triste.

–Ya lo veo.

–¿Entonces?

–¿Entonces qué? –Ammar hizo un gesto con la mano para quitarle importancia al asunto–. Te han dicho algo que te ha puesto triste. ¿Por qué tengo que saber de qué se trata?

–¡Para así poder explicármelo a mí!

–¿Es que no lo has entendido?

Noelle suspiró angustiada. No creía haber visto nunca a Ammar mostrando tanta indiferencia. Incluso cuando la rechazó había en sus ojos algo tormentoso.

–Sí lo he entendido –susurró–. Al menos eso creo. Pero no pensé que...

–¿No pensaste que yo pudiera haberlo hecho?

Ella le miró con tristeza.

–No lo sé.

Ammar la recorrió fríamente con la mirada.

–Bien, pues sí lo hice –afirmó.

Noelle parpadeó.

–Ni siquiera te he dicho de quién se trataba.

–No importa.

–¿Cómo puedes decir eso?

Ammar se encogió de hombros.

–Porque es muy probable que si alguien me acusa de haber hecho algo lo haya hecho. Y cosas peores. Así que en realidad no me importa de quién se trate, Noelle.

Ella se dejó caer pesadamente en una silla. Sentía que las piernas ya no la sostenían.

–¿Por qué no me lo habías contado antes?

–¿Qué querías, una lista? –le espetó Ammar con impaciencia–. Además, sí te lo dije. Te conté que mi padre era un delincuente y sabías que trabajé para él durante casi veinte años. ¿De verdad pensaste que no me mancharía las manos durante todo ese tiempo?

Noelle cerró los ojos.

–No –ya no pensaba eso. Y se dio cuenta de que había optado por no pensar en nada relacionado con el trabajo de Ammar porque era más fácil fingir que no tenía importancia.

Ammar no dijo nada y ella abrió los ojos. Seguía teniendo un aspecto impasible, casi aburrido, y no pudo evitar sentir terror al darse cuenta de que en realidad no le conocía porque no había querido conocerle. Había estado ciega hasta ese momento.

–Dime algo, Ammar –le susurró.

–¿Qué quieres que diga?

–No lo sé –no sabía qué podría acabar con la duda y el dolor de su corazón–. Cuéntame cómo sucedió. Dime por qué empezaste a trabajar con tu padre en esas condiciones.

Él la miró con ojos duros.

–Era su hijo. Si quieres que te diga que me obligó a hacerlo, no puedo.

En realidad era lo que esperaba. Alguna clase de excusa. Algún modo de entenderlo. Así que lo intentó.

–Pero seguramente eras un niño cuando empezaste.

Ammar dejó escapar una carcajada fría y amarga.

–Estás intentando disculparme, Noelle, pero no hay excusas para mí. Hice lo que hice porque era hijo de mi padre. Él me lo ordenaba, sí, pero a mí me gustaba el poder que me daba. Ver cómo la gente me prestaba atención cuando entraba en una sala. A veces incluso me gustaba ver el miedo en sus ojos –se giró para mirar por la ventana. Tenía el cuerpo rígido.

Noelle sabía que estaba intentando escandalizarla, contarle lo peor de sí mismo, y lo estaba consiguiendo. Tenía la boca seca y el corazón le latía con fuerza.

–Entonces, ¿por qué dejaste de hacerlo? –le preguntó en un susurro ronco–. ¿Por qué decidiste cambiar?

–¿He cambiado? –preguntó a su vez Ammar girándose y atravesándola con la mirada– ¿He cambiado algo?

Noelle tragó saliva y no dijo nada. Los acontecimientos de la velada habían acabado con sus fuerzas, con su seguridad. En aquel momento, no podía enfrentarse a otra confrontación.

–Creo que esta noche quiero estar sola –susurró.

Algo cruzó por el rostro de Ammar, un destello de emoción, pero su expresión volvió a quedarse en blanco al instante.

–Como quieras –dijo.

Se dio la vuelta y salió de su apartamento.

Ammar subió solo en el ascensor que llevaba a su ático. Se sentía atravesado por la rabia, pero debajo de ella sentía un profundo océano de desesperación, un dolor abrumador en el que no podía dejarse hundir. Si lo hacía no volvería a subir a la superficie.

Recordar la expresión de confusa decepción de los ojos de Noelle le destrozaba el corazón.

Había descubierto la verdad sobre él.

Daba igual lo que le hubieran contado o si era verdad o no. Lo que importaba era que dudaba de él. Qué diablos, igual hasta le tenía miedo.

Se abrieron las puertas del ascensor y Ammar entró

en su apartamento. El apartamento de su padre, tan moderno con sus elementos de aluminio y cristal. Nunca lo había sentido como suyo. No sentía nada como suyo excepto su casa del desierto, en la que podía escapar de todo... menos de sí mismo. Nunca podría escapar de eso.

Se pasó los dedos por el pelo todavía muy corto y respiró hondo. No quería pensar en ello, así que decidió nadar. Para él el ejercicio había sido siempre la mejor manera de poner la mente en blanco.

Y sin embargo, después de cien largos en la piscina del ático todavía tenía la mente infestada de recuerdos. Noelle acariciándole la cara. Besándole los labios. Rindiendo su cuerpo al suyo. Diciéndole que le amaba.

Pero eso ya no era posible. Sintió una punzada de soledad y desolación en el corazón. Sin duda era lo que cabía esperar. Lo que se merecía.

Se dio la vuelta e hizo otros cien largos.

Trabajó durante toda la noche. Estaba demasiado inquieto para dormir. Se dio cuenta de que se había acostumbrado a dormir con el suave cuerpo de Noelle al lado. Resultaba extraño, teniendo en cuenta que hasta hacía unas semanas siempre había dormido solo. Vivía solo, trabajaba solo. No tenía amigos, ni siquiera compañeros. La única persona que había tenido cerca en toda su vida era Noelle.

El teléfono sonó a la mañana siguiente cuando se estaba tomando una segunda taza de café solo.

–Me he enterado de que anoche saliste por ahí.

La voz de su hermano, Khalis, ligera y alegre, se escuchó al otro lado de la línea. Ammar se puso tenso instintivamente. Durante la mayor parte de su vida había estado distanciado de su hermano. Durante sus primeros años fueron los mejores amigos y compañeros de juegos hasta que Ammar cumplió ocho años. Entonces su padre le llamó al despacho y le golpeó con fuerza en la cara para demostrarle cómo iban a ser las cosas a partir de aquel momento. Y tener amigos, aunque fuera su hermano, no formaba parte de aquel plan. Y aunque Ammar se había reconciliado con Khalis hacía varias semanas, todavía le resultaba extraño mantener con él una conversación normal.

–¿Salir por ahí? –repitió a la defensiva.

–Lo he leído en las páginas de sociedad –explicó Khalis con una carcajada–. ¿Estuviste en un baile benéfico con una francesa?

–Se llama Noelle –Ammar sintió un nudo en la garganta.

–Es guapísima –aseguró Khalis–. ¿Es quien creo que es?

Cuando se reconciliaron, Ammar le había dicho a su hermano que quería encontrar a su mujer. Recuperarla.

–Sí –respondió con tirantez.

Su tono debió de delatarle, porque Khalis suspiró y le preguntó:

–¿No está saliendo bien? ¿Qué ha pasado?

Ammar apretó el teléfono con tanta fuerza que le dolieron los nudillos.

–Ha descubierto la verdad sobre mí. Sobre Empresas Tannous. Sobre lo corrupta que es la compañía.

–Era –le corrigió Khalis con cariño.

–Eso no importa –contestó Ammar furioso–. Tú ni siquiera sabes lo que he llegado a hacer. Te marchaste, estuviste fuera quince años...

–Y dejé que batallaras solo con nuestro padre.

Ammar soltó una áspera carcajada.

–No batallé con él. Le obedecía en todo.

–En todo no. He investigado un poco en las últimas

semanas, Ammar. Sé que trataste de resistirte lo máximo posible, al menos durante los últimos años.

–Fue inútil –fueron intentos furtivos que habían servido para muy poco. ¿Y qué pasaba con todos los años anteriores, años en los que había abusado de su poder porque así se sentía fuerte? Años de debilidad disfrazada de fuerza, inmoralidad oculta bajo una fina capa de respetabilidad. Había tenido que estar al borde de la muerte para encontrar por fin el valor para cambiar.

–Para algunas personas no fue inútil –aseguró Khalis.

–Para la mayoría. Y eso no cambia quién soy.

–No, no quién eres. Lo que hiciste. Hay una diferencia, Ammar.

–¿Tú qué sabes? –le espetó Ammar. Sabía que sonaba enfadado y desagradecido, pero aquella conversación le estaba matando.

No, lo que le estaba matando era saber que estaba perdiendo a Noelle. Verbalizarlo con su hermano no era más que la guinda de aquella horrible tarta.

–Lo cierto es que algo sí sé –afirmó Khalis con rotundidad–. Grace me ha enseñado que no hay que definir a nadie por sus errores.

Ammar guardó silencio mientras pensaba en ello. Sabía que Khalis se había comprometido hacía poco con Grace y suponía que su camino hacia el amor había tenido sus altibajos. Pero sin duda nada parecido a las montañas y los cráteres a los que Noelle y él se enfrentaban.

–¿Y si solo hay errores? –preguntó en voz baja.

–Eso no es verdad. Y deja de pensar en lo que hiciste o en cómo eras. Me dijiste que querías cambiar y yo te creo. Ahora eres distinto, así que demuéstraselo a Noelle –le sugirió su hermano–. No le cuentes solo las cosas malas que has hecho en el pasado. Dile quién eres, lo que has tenido que soportar y quién quieres ser. Cuéntaselo todo.

Una hora más tarde, Ammar se detuvo frente a la casa de Noelle. Se había duchado y afeitado. Se bajó del coche, le murmuró unas palabras al portero y subió. Acababa de levantar la mano para llamar a la puerta de su apartamento cuando Noelle abrió la puerta. Se quedó paralizada mirándole fijamente. Ammar tardó unos segundos en darse cuenta de que no iba vestida con una de sus faldas de tubo ni con camisa almidonada. Llevaba pantalones de algodón y camiseta y cargaba con una bolsa de viaje.

–Iba a llamarte –dijo ella sin mirarle a los ojos y recolocándose la bolsa al hombro–. Pero tengo mucha prisa y voy a perder el tren...

–¿Dónde vas?

–A casa.

A casa. A Lyon con sus padres, no con él. Ammar quería ser su casa, su refugio, y sin embargo, en aquel momento supo que no lo era y que Noelle no quería estar con él.

–Esto es algo inesperado –dijo.

Había estado a punto de contarle todo. De abrirse en canal emocionalmente ante ella. Y, mientras tanto, Noelle estaba planeando huir de allí.

–Lo sé. Solo me voy unos días. Hace tiempo que no les veo y pensé que estaría bien...

No terminó la frase. Ninguno de los dos se molestó en completar la excusa.

Ammar tragó saliva y dio un paso atrás.

–Te llevaré a la estación –dijo dándose la vuelta y bajando por las escaleras.

En el coche no hablaron. Noelle tenía la vista clavada en el regazo, y Ammar miraba hacia delante. Llegaron a la estación en silencio y Youssef detuvo el coche delante de la torre.

–Te acompaño –dijo entonces Ammar bruscamente.

Noelle no respondió, pero tampoco se resistió. Agarró la bolsa y se abrieron camino entre la gente. El tren ya estaba en la estación y se quedaron de pie en la plataforma. Hacía un día precioso, cálido y despejado. Noelle sacó el billete y entonces ya no quedaba nada más que hacer excepto despedirse.

Ella le miró con ojos luminosos y labios temblorosos.

–Ammar... –empezó a decir con voz vacilante.

Él la abrazó entonces con fuerza, con todo el dolor contenido y el inmenso amor que sentía. Confiaba en que Noelle lo supiera. Que a pesar de todo supiera cuánto la amaba.

–Adiós –dijo con sequedad.

Y antes de que ella pudiera decir nada, se dio la vuelta y se alejó entre la gente con la visión tan nublada que apenas era capaz de ver dónde ponía el pie.

Capítulo 10

NOELLE no recordaba detalles del viaje a Lyon en tren. Se sentó y miró por la ventanilla durante las dos horas que duró con la mente en blanco. Sentía como si acabara de despedirse de Ammar para siempre, era un final horrible y, sin embargo, no había sido su intención... no sabía cuál era su intención. Tras las revelaciones de la noche anterior solo quería escapar, huir de la tensión y del dolor de corazón, y sobre todo de sí misma y de sus dudas.

Aunque su corazón insistía en que le amaba, su mente le recordaba todas las cosas que no sabía. Todas las cosas que Ammar había hecho y que no le había contado. Se dijo que no debería importarle, que ahora era distinto, pero no podía evitar sentirse desgraciada.

Una lágrima le resbaló por la mejilla y se la secó con impaciencia. Sabía que era culpa suya por haberse metido en aquel lío, por cerrar los ojos durante tanto tiempo. Pero ya no podía seguir estando ciega y no sabía qué hacer. Ni qué sentir.

Le gustó ver el familiar rostro de su padre en la estación. Él sonrió y la estrechó entre sus brazos, pero mientras la llevaba hacia la mansión familiar, situada a las afueras de la ciudad, Noelle tuvo la impresión de que estaba distraído.

–¿Va todo bien? –le preguntó.

Su padre esbozó una sonrisa de medio lado.

–Sí, todo bien. Pero tú pareces muy cansada, *chérie*. ¿Estás trabajando mucho?

–Tal vez un poco –no estaba preparada para hablarles a sus padres de Ammar–. ¿Cómo van las cosas por aquí? –preguntó forzando un tono alegre–. ¿Qué tal está mamá?

¿Eran imaginaciones suyas o su padre apretó con más fuerza el volante?

–Mamá está bien –contestó él tras una pausa–. No tienes nada de qué preocuparte.

A Noelle le pareció una respuesta extraña teniendo en cuenta que no había dicho que estuviera preocupada.

–¿Y el banco? –preguntó.

Su padre era ejecutivo en el Banco de Lyon desde que Noelle era pequeña.

–Sabes que no tienes que preocuparte por asuntos de dinero. Si de mí dependiera, no trabajarías.

Noelle no dijo nada. Su padre solía hacer comentarios de ese tipo cada vez que le veía.

Una hora más tarde estaban sentados en la terraza con el sol de la tarde convirtiendo las aguas del Ródano en una superficie pulida. Noelle se relajó. O al menos trató de hacerlo, porque cuando Elizabeth Ducasse le pasó a su hija un vaso de té helado, entornó los ojos.

–Sé que te pasa algo –Elizabeth se sentó frente a su hija con la elegancia inglesa que había enamorado a Robert Ducasse treinta y cinco años atrás–. Tienes muy mal aspecto, Noelle –su madre apretó los labios–. He visto fotos tuyas en las páginas de sociedad... con Ammar Tannous.

Noelle se quedó paralizada y apretó con más fuerza el vaso.

–Se trata de él, ¿verdad? ¿Te ha vuelto a hacer daño? –preguntó Elizabeth con tono seco.

Noelle sacudió la cabeza.

–No me ha hecho daño –sin embargo, allí sentada bajo el calor del sol y en el confort del hogar familiar, tuvo la sensación de que ella sí le había hecho daño a él. Mucho. Le había rechazado igual que hizo él años atrás. ¿Cómo podía haber hecho algo así cuando sabía lo mucho que dolía?

Ammar la había apartado de sí durante su breve matrimonio, y ahora era ella la que huía.

–Es complicado –suspiró.

Su madre apretó los labios y desvió la mirada.

–Siempre lo es.

Noelle se preguntó si su madre estaría hablando de otra cosa, de algo más importante. Se inclinó hacia delante y olvidó momentáneamente a Ammar.

–Mamá, ¿va todo bien? Tengo la sensación de que papá y tú estáis un poco tensos.

–Estamos bien –afirmó Elizabeth, pero no la miró a los ojos.

Noelle se preguntó qué le estaban ocultando sus padres.

Lo averiguó al día siguiente. Había pasado una noche más inquieta, sin apenas dormir, dándole vueltas a la cabeza y pensando en Ammar. Echaba de menos dormir a su lado y despertarse con sus besos. Pero en lugar de enfrentarse a la situación había salido huyendo. Noelle sintió una punzada de arrepentimiento y de vergüenza.

Y sin embargo, la seguridad del hogar de sus padres se vino abajo cuando bajó las escaleras y se los encontró el uno frente al otro en el comedor con un periódico extendido.

–¿Cómo has podido? –exclamó Elizabeth con frialdad.

Robert alzó la vista hacia Noelle y apretó los labios.

–No me hables así delante de...

–Delante de todo el mundo –Elizabeth señaló el periódico–. Si querías tener una aventura, ¿no podías haber escogido a alguien más discreto?

–¿Es eso lo único que te importa? ¿Que haya salido en la prensa?

–¿Preferirías que se me hubiera roto el corazón? –preguntó Elizabeth con tono afilado.

Pero soltó un sollozo y se dio la vuelta llevándose el puño a la boca.

Robert exhaló un suspiro cansado y le dirigió a su hija una mirada de disculpa antes de salir del comedor.

–Mamá, ¿qué demonios está pasando? –preguntó Noelle estupefacta dando un paso adelante.

Elizabeth se limitó a señalar el periódico con un gesto.

–Parece que has llegado en mal momento.

Noelle agarró el periódico y leyó sin dar crédito el titular del artículo:

La amante lo cuenta todo.

Se dejó caer en una de las sillas del comedor mientras leía el artículo con asombro. Era una entrevista a la amante de su padre. Una mujer a la que llevaba casi veinte años viendo.

No puedo seguir mintiendo, aseguraba la mujer. *Necesito contar la verdad sobre Robert y yo. Lleva mucho tiempo amándome.*

–¿Tú... sabías esto? –preguntó Noelle alzando la vista del periódico.

Elizabeth guardó silencio durante un largo instante. Se había acercado a la ventana dándole la espalda. La luz del sol había creado un halo dorado alrededor de su cabeza inclinada.

–Lo sospechaba –murmuró.

–Oh, mamá –Noelle sintió un nudo en la garganta–. ¿Cómo has podido quedarte aquí sabiendo...?

–Noelle, a veces eres muy infantil.

La acusación le dolió.

–¿Soy infantil por pensar que tendrías que haber esperado más de tu matrimonio?

–No –afirmó su madre–. Eres infantil si crees que eso cambia algo cuando amas a alguien –se giró para mirar a Noelle con gesto de obstinación y de tristeza–. Yo le amaba. Siempre le he amado, así que no podía pensar en nada más.

Noelle sacudió lentamente la cabeza. ¿Acaso no había sido ella como su madre, escondiendo la cabeza en la arena, negándose a pensar en nada que pudiera enturbiar su idealista visión del mundo y de Ammar?

–Lo siento –dijo Elizabeth tras un instante–. Creo que esto es más impactante para ti que para mí.

–¿Qué va a pasar ahora?

–No lo sé. Ahora que esa mujer ha hablado con la prensa se van a cebar con él. A Robert siempre le ha gustado que le consideraran un hombre familiar.

–¿Se van a cebar con él? –repitió Noelle–. ¿Quieres decir que habrá más prensa?

–Supongo que sí –aseguró Elizabeth con pesar–. Ahora mismo se están agrupando fuera como buitres. Esto va a ser un escándalo, Noelle. Tu padre es un hombre importante –suspiró–. Creo que sería mejor que nos fuéramos un tiempo. Tal vez al Caribe. Así podríamos pasar un tiempo juntas. ¿Qué te parece?

Noelle se quedó mirando a su madre sin dar crédito. No podía creer lo que le estaba sugiriendo. Como si unas vacaciones fueran a mejorar las cosas mientras la familia se destruía. Aunque tal vez aquella fuera la única manera en que Elizabeth había sido capaz de vivir con la infidelidad de su marido: cerrando los ojos. Sonriendo y fingiendo que no pasaba nada. Igual que había hecho ella con su difícil historia con Ammar. Pero esa vez no iba a salir corriendo. Tenía que enfrentarse tanto a su padre como a Ammar.

–No, mamá, creo que no –aseguró con voz pausada–. Yo me quedo aquí. Voy a hablar con papá –dijo levantándose de la silla.

Lo encontró en su despacho revisando unos papeles como si fuera un día normal. Como si nada hubiera ocurrido. Noelle se apoyó en el quicio de la puerta sintiendo una punzada de dolor.

–¿No vas a decir nada? –le preguntó.

Su padre alzó la vista como un niño pequeño al que hubieran pillado robando caramelos.

–Lo siento, Noelle. No quería hacerte daño. No quería hacerle daño a nadie –alzó las manos como implorando la absolución–. Lo siento.

–¿Vas a dejar de ver a esa mujer? ¿Vas a cambiar?

Su padre se echó un poco hacia atrás y no dijo nada. Y Noelle supo entonces que aquella era su respuesta. Sintió como si le hubieran dado un puñetazo en el estómago al darse cuenta de una cosa. Ammar no era así. Él sí había cambiado. Quería cambiar, y todas las decisiones que había tomado estaban encaminadas a vivir de un modo diferente. A ser el hombre que quería ser.

Con ella a su lado.

Y allí era donde Noelle quería estar. Para siempre. Pero ¿la volvería a aceptar Ammar? ¿Le perdonaría que hubiera dudado de él?

El día transcurrió en una nebulosa de tristeza, y al día siguiente, Noelle se despertó con el ruido de los paparazis situados en el exterior de la casona. Sus padres estaban desayunando en silencio y con expresión imperturbable.

–Me voy a marchar –dijo en voz baja. No podía soportar la tensión que se respiraba allí.

Elizabeth alzó la vista de su taza de té.

–Espera al menos un día más. Los periodistas se lanzarán sobre ti –aseguró con gesto de desagrado, como si aquello no fuera más que una incomodidad soportable.

–No me importan los periodistas –miró a su padre–. ¿Vais a seguir adelante como si no hubiera pasado nada? ¿Qué hay de la otra mujer, papá?

–No hables así, Noelle –la reprendió Elizabeth.

Su padre se limitó a bajar la vista. Estaba dejando que su mujer le cubriera las espaldas. Noelle se dio cuenta de que era un hombre débil. Un hombre cariñoso y bueno pero débil.

No como Ammar. Hacía falta mucho valor para cambiar Empresas Tannous, para enfrentarse a sus enemigos y mejorar las cosas.

–Adiós –se despidió con un nudo en la garganta dirigiéndose hacia la puerta.

Los reporteros la estaban esperando con sus cámaras y sus preguntas, con los flashes y el ruido. Noelle parpadeó y se puso tensa. Cada palabra era como un ataque.

–¿Sabía lo de la aventura de su padre?

–¿Se van a divorciar sus padres?

–¿Se siente traicionada?

Preguntas indiscretas y espantosas. Noelle trató de ignorarlas mientras se abría paso entre la multitud de gente y las cámaras. Se tambaleó sobre uno de los escalones de piedra y alguien tomó una foto. Deseó con toda su alma que Ammar estuviera allí. Sentir sus brazos protegiéndola. Saber que estaba a salvo. Porque siempre se había sentido a salvo con él. A salvo y querida. Se le llenaron los ojos de lágrimas, pero hizo un esfuerzo por contenerlas.

No más lágrimas. Había llegado el momento de pasar a la acción. Encontraría a Ammar y le diría cuánto lo lamentaba.

Se estiró y trató de abrirse camino otra vez entre la gente. Entonces oyó una voz profunda:

–Noelle.

Ella alzó la vista y sus ojos se encontraron con una figura alta e imponente que se abría camino entre los reporteros.

Era Ammar.

Capítulo 11

EL MUNDO desapareció, los periodistas y sus preguntas se volvieron completamente irrelevantes mientras Ammar avanzaba hacia ella. Noelle pensó que nunca se había sentido tan feliz de ver a alguien. Tenía barba de un día y ojeras. Parecía cansado y nervioso, pero estaba guapísimo.

–Ammar... –susurró ella.

Él la tomó de la mano.

–Voy a sacarte de aquí.

Los periodistas se habían quedado quietos un instante, asombrados por la escena que estaba teniendo lugar delante de sus ojos. Pero cuando Ammar la tomó de la mano empezaron otra vez.

–¿Está saliendo otra vez con Tannous? ¿Sabe las cosas que ha hecho?

–Ignórales –le sugirió Ammar abriéndose camino entre los reporteros y guiándola hacia el coche que estaba aparcado a las puertas de la mansión.

La ayudó a subir y salieron de allí a toda prisa mientras los reporteros les seguían tratando desesperadamente de hacer las últimas fotos.

Ninguno de los dos habló, y cuando Noelle le miró de reojo vio lo tenso que estaba.

–Gracias –dijo finalmente con voz temblorosa–. ¿Dónde está Youssef?

–En París. Quería venir yo solo.

–Pero ¿cómo has sabido...?

–Ha salido en todos los periódicos –la interrumpió Ammar tomando la autopista hacia París–. Quería estar a tu lado en este momento. Sé lo que es que tu padre se caiga del pedestal. A mí me sucedió cuando tenía ocho años.

Los dos volvieron a guardar silencio durante un instante, y cuando Ammar volvió a hablar le preguntó con tono suave:

–¿Quieres que te lleve a tu apartamento? Estamos a una hora de París.

La idea le provocó una punzada de miedo.

–¿Crees que la prensa habrá descubierto dónde vivo?

–Sin duda.

Noelle dejó escapar un gemido.

–No tenemos por qué volver a París –aseguró él con voz pausada–. Conozco un sitio aquí cerca.

–De acuerdo, llévame allí –no le importaba dónde la llevara. Iría a cualquier sitio con él.

Ammar tomó la desviación de un estrecho camino rural. Noelle miró por la ventanilla mientras atravesaban varias aldeas dormidas con las plazas desiertas bajo el indolente sol de mediodía. Luego giraron por otro camino todavía más estrecho que terminaba en una casa. Noelle se sentó más recta. Le picaba la curiosidad.

Ammar se detuvo frente a la casa y apagó el motor. Noelle miró con curiosidad la casa destartalada de muros de piedra con flores trepadoras.

–¿Qué es este sitio?

–Ven a verlo.

Noelle se bajó del coche. La casa era encantadora, con sus enrejados de hierro en las ventanas y las enormes macetas de barro con geranios de la entrada. Le encantaba, pero seguía sin saber dónde estaba.

Ammar se sacó una llave del bolsillo y abrió la puerta de entrada. Noelle contuvo el aliento y entró. La casa estaba amueblada de un modo confortable, con sofás distribuidos alrededor de una chimenea y las puertas de un balcón que daban a una terraza. El sol iluminaba la estancia con luz dorada. Noelle se giró en círculo para verlo todo y luego se volvió hacia Ammar.

–¿Dónde estamos?

Él estaba en la puerta con la llave todavía en la mano y una sonrisa triste en la cara.

–¿No reconoces este sitio?

–Nunca había estado aquí.

–Lo sé.

–Pero... –Noelle se detuvo de pronto al caer en la cuenta. El sol se ponía lentamente en el horizonte, proyectando su curativa luz–. Es nuestra casa, ¿verdad? –preguntó marcando las palabras–. Nuestra casita de las afueras de París.

Ammar asintió y ella sacudió la cabeza. Todavía le costaba trabajo creérselo.

–La compré hace años. Diez, exactamente. Era tu regalo de boda.

Noelle dejó escapar un gemido ahogado. Ammar era increíblemente detallista y romántico, y ella sintió el peso de su propia culpa como una losa.

–Ammar, tengo que decirte algo.

Él se puso a la defensiva. Parecía inseguro, y era culpa de ella.

–¿Qué me quieres decir?

–Que siento haberme marchado como lo hice –aseguró Noelle en voz baja–. Tengo que reconocer que me asusté cuando esa mujer se me acercó en el baile y...

–No quiero oírlo –la atajó Ammar apretando los puños.

–No te lo contaré –dijo Noelle–, pero admito que me sorprendió. No me había permitido pensar en el pasado, en lo que habías hecho. Cerré mi mente a ello.

–Lo sé –murmuró Ammar en voz tan baja que apenas se le escuchó–. Yo no quería que pensaras en ello.

–Y me sorprendió sentir tantas dudas. Me hizo preguntarme... –se detuvo sin terminar la frase.

–Te preguntaste si me querías –terminó Ammar por ella.

Noelle parpadeó sorprendida.

–No sabía qué sentiría al saber aquellas cosas –susurró–. Y volvieron los antiguos recuerdos y los miedos. Me pregunté si realmente te conocía.

–Entiendo –murmuró Ammar.

Noelle le sintió tan lejano que dio un paso hacia él.

–Siento haber dudado de ti y de lo que siento por ti. Tendría que haberme quedado, tendría que haberte dicho todo esto. Pero tenía miedo de ser sincera, de poner en peligro lo que teníamos, porque me parecía tan frágil...

–Te entiendo –aseguró él–. Yo tendría que haberte contado toda la verdad mucho tiempo atrás. La noche de nuestra boda. No fueron solo los recuerdos los que me hicieron alejarme. Mi padre habló conmigo.

–Él te despertó de nuestro mundo de ensueño, ¿verdad? –Noelle entendía ahora muchas cosas.

Ammar asintió.

–Cuando habló conmigo me di cuenta de lo engañado que había estado al pensar que las cosas podían cambiar –se detuvo y tragó saliva–. Al pensar que tú podrías amarme.

–Oh, Ammar...

–Me convencí a mí mismo de que te protegía al marcharme y tal vez fuera así, pero también me estaba protegiendo a mí mismo. Prefería irme antes de que descubrieras la verdad sobre mí.

–Pero ahora la conozco. Y te amo.

Ammar alzó la vista para mirarla claramente sobresaltado.

–Te amo –repitió ella–. Y siento mucho haberte hecho daño al marcharme así –dio otro paso hacia él–. En cuanto me subí al tren supe que había cometido un error. Y cuando llegué a Lyon fue todavía peor. Creía que estaba yendo a casa, pero no era así. Dejé mi casa cuando te dejé a ti.

Noelle observó el brillo emocionado de sus ojos.

–¿Lo dices de verdad?

–Sí. Tuve que marcharme para darme cuenta de cuánto deseaba quedarme. No voy a excusar ninguna de las cosas que hiciste, sé que no estuvieron bien. Lo sé y lo acepto porque sé que has cambiado. Sé la clase de hombre que quieres ser, la clase de hombre que eres. No puedes seguir cargando con ese peso.

Ammar se la quedó mirando con ansia, como si ella le estuviera ofreciendo algo que no se atreviera a aceptar.

–No tienes ni idea de las cosas que...

–No necesito saberlo –afirmó acercándose a él con seguridad–. Te conozco y te amo. Sé lo que estás haciendo por la empresa ahora, lo tierno que eres conmigo y creo completamente en ti. Confío en ti con todo mi corazón –estaba delante de él, temblando y con una sonrisa trémula en los labios–. Te amo.

Ammar se la quedó mirando durante un largo instante y luego apartó la vista mientras parpadeaba rápidamente. Noelle se quedó sin aliento. Sin necesidad de pensar en lo que hacía, le estrechó entre sus brazos. Sintió cómo el cuerpo de Ammar se estremecía. Tras un largo instante levantó la cabeza y la miró con los ojos llenos de lágrimas antes de poner los labios sobre los suyos y besarla apasionadamente. Noelle experimentó una oleada de alivio, felicidad y deseo mientras le besaba a su vez con todo el amor y la pasión que sentía.

Finalmente, Ammar la soltó con el aliento entrecortado y apoyó la frente contra la suya.

–Te amo –dijo con dulzura–. Con toda mi alma. Y siento muchísimo haberte hecho daño.

Noelle le besó en respuesta. El pasado había quedado definitivamente atrás. Ahora solo tenía que mirar hacia el futuro. Un futuro en común.

Epílogo

Tres meses después

Noelle estaba tumbada en la cama con el cuerpo temblándole de emoción.

Era su noche de bodas.

Había sido un día maravilloso. Se había celebrado una ceremonia íntima en una pequeña iglesia de Lyon a la que solo asistió la familia y unos cuantos amigos. Los padres de Noelle fueron juntos, dando una imagen de unión por el bien de Noelle, aunque su matrimonio seguía en la cuerda floja. Al menos su padre había dejado de ver a su amante. ¿Quién sabía lo que podía pasar? Noelle confiaba en que sus padres pudieran ser la milésima parte de felices que era ella.

También habían asistido Khalis y su flamante esposa, Grace. Los dos estaban claramente enamorados, tanto como ella lo estaba de Ammar. Su marido.

Se estremeció al sentir el aire fresco de la noche sobre la piel. Nada de picardías aquella noche. Estaba completamente desnuda. Sonrió al pensar en la cara de Ammar cuando entrara en la suite en la que se habían alojado la primera noche de su nuevo matrimonio. Estaban en el *Château de Bagnols*, una antigua fortaleza reconvertida en hotel de superlujo. En la chimenea ardía el fuego y las sombras danzaban sobre la enorme cama con dosel. Ammar había dejado que subiera primero ella porque sabía que quería prepararse.

Noelle sonrió y se estiró, impaciente y excitada al mismo tiempo. Ammar llegaría sin duda enseguida. No sentía ningún miedo ni ninguna preocupación, solo una deliciosa emoción por lo que iba a ocurrir.

Aquella noche y muchas noches más. Durante el resto de sus vidas. Oyó unos pasos y el pomo se giró. Se abrió la puerta y Ammar entró en la habitación sonriendo con los ojos brillantes de amor.